柄谷行人浅田彰全対話

karatani kōjin　*asada akira*
柄谷行人｜浅田 彰

講談社文芸文庫

目次

柄谷行人浅田彰全対話

オリエンタリズムとアジア

ド・マンそしてサイード

浅田　柄谷さんは、かつてイェール大学でポール・ド・マンと出会い、今度はコロンビア大学でエドワード・サイードと出会った。もちろん、サイードはド・マンほどの人物じゃないし、ド・マンのときほど深い親交があったわけでもないんでしょうが、その間の柄谷さん自身の立場の移動と考え合わせると、この二つの出会いは、ちょっとシンボリックな感じがするんです。

柄谷　ぼくが最初にサイードを読んだのは、八〇年にアメリカにいたときでしょうか。面白かったのでド・マンに言ったら、彼はこういう言い方をしましたね。《He writes more than he thinks》(彼は考える以上に書く)って(笑)。

浅田　たしかに、サイードは冗長だから。

柄谷　ド・マンは対照的に、極端に書かない人であったしね。ただ、彼は口は悪くても、わりあいサイードに好意をもってました。ド・マンは、自分はもともとジャーナリストだと言ってたくらいで、批評というものはそういう形でやるべきだと思っている。ところが、ディコンストラクションというのは、そのころには完全に大学の内部に制度化されちゃって、論文はいっぱい書かれても、批評として読めるようなものがないわけです。その点、サイードは、そういうジャーナリスティックな場所をもってるでしょう。

浅田　そうですね。良くも悪くもジャーナリスティックに、広汎なオーディエンスに訴えようとする。なんと言っても、スウィフトをモデルとする人だし。
柄谷　それで、このあいだサイードと話したときに、「ディコンストラクションのことをどう思うか」と聞くから、「あれは正しいけれども退屈だ」と言ったら、「まったく同感だ」と言ってました。とにかく、デリダはいやだ、ドゥルーズはいい、と言ってました。
浅田　それから、方法ということで言えば、ミシェル・フーコー……。
柄谷　そう、フーコーですね。
浅田　いずれにせよ、テクストの戯れを云々するよりも、それを権力関係の網の目のなかで捉えようとする、ニーチェ的な視点に立つわけでしょう。
柄谷　そう、その意味で政治的ですね。ところが、イェール学派のディコンストラクションの場合は、デリダがフランスの文脈ではもっていたであろうような過剰な部分、政治的な部分が、きれいに削ぎ落とされて、誰でもが安心して使える方法になってしまっている、と。しかも、それが一見、危険そうな外見をしているがゆえに……。
浅田　意味のシステムを自己言及のパラドックスに追いこむという、破壊的な身ぶりをそれらが演じてみせるがゆえに……。
柄谷　それゆえに、ある種の良心をも満足させることになって、二重の意味で有害である、と。まあ、ぼくは、あれが流行りはじめたころから、そう思ってましたけど。

浅田　デリダの主な業績は六〇年代だけど、流行は七〇年代でしょう。あれはやっぱり、七〇年代アメリカのポスト・ラディカリズムの気分が背景にあると思うんです。無垢な外部というのが失われ、そこへどこまでもひろがっていくという進歩の物語が破綻し、アイロニーの気分というか、みずからに向かうアイロニーとしてのシニシズムの気分というか、それが支配的になった。

ディコンストラクションというのは、まさにそういうもの——ある意味で、フロンティア・スピリットの国アメリカとならば相容れなかったはずのものでしょう。

柄谷　ところがまた、それはアメリカ的な現象であるとも言えるわけです。もっぱら大学という制度の内部で再生産されていく。昔のニュー・クリティシズムと同じで、一定のメソッドになって全米にひろがっていく。デリダも、かなりそれに合わせてるんですね。

一方、かつてのラディカルズがどうなったかというと、日本では全共闘の連中は受苦的ならぬ塾的存在になってるけど、アメリカでは、保育園で教えているそうです（笑）。子供が、保育園ですごくラディカルな認識を吹きこまれているらしい（笑）。だけど、その連中のほうが、まだ外部をもってるという気がする。大学でディコンストラクションをやってる連中には、外部のオーディエンスがほとんどない。

浅田　去年（一九八四年）の十一月にジョンズ・ホプキンスであった仏米コロキウム（討論会）で、サイードが「高級文芸批評と外部の世界」という話をしてて、その仏訳が『クリティック』に載ってるんですけどね。それによると、彼がMLA（モダン・ランゲージ・アソシエーション）の総会に行ったとき、高級文芸批評の本をよく出す大学出版局のカウンターがあったんで、「誰がこういう本を読むのか」って聞いたんですって。そしたら、こういう分野の人たちは互いに意識して読みあってるんだ、と。それで三千部程度は確保できるというわけです。

柄谷　まあ、そういうことですね。外的なオーディエンスを念頭におくだけで意識がちがってくると思うので、最初に言った、ド・マンがこぼしていたことというのは、そういう条件がもてない自己認識だったと思うんです。だけど、あとの連中にはそういう認識もない。

浅田　で、アカデミックな閉域のなかに安住する……。

柄谷　それに対して、かなり野蛮な連中が出てきた。それがジェイムソンとサイードだと思うんです。ディコンストラクションというのは、いわばゲーデル的なものでしょう。

浅田　内部がみずからに折り重なっていく、そういうループの極限においてのみ、外部が垣間見られる……。

柄谷　そう。それに対して、露骨に外部をそのまま持ち出してくる。その野蛮さが面白かったんですよね。

　もちろん、厳密に考えていくとアラが多いけど、アメリカの文脈では、ディコンストラクションのように緻密で洗練されたものに対しては、強引に何か言わなくちゃいけないんだろうと、そういうことを感じました。

浅田　その二人のなかでも、ジェイムソンは、あまりに野蛮だと思うんです。シンボリックな「言語の牢獄」から外へ出なければならない、と彼が言うのはいいとして、そこから遡った深層にリアルな大文字の《歴史》を措定し、中間のイマジナリーな層における、民衆の生きられた想像力に、両者を媒介する弁証法の支点を見出す、と。これでは、サイードがイーグルトンの評言を引いて言うように「ノスタルジックなヘーゲル主義」としか言いようがない。

　その点、サイードの考える政治というのは、もっと分散的な権力関係の網の目にかかわるものであって、ジェイムソンのそれより現実的ではありますね。

柄谷　しかも、ジェイムソンはアメリカ左翼エリートの良心みたいな存在だけど、サイードは、いわば〝悪党〟ですからね。彼のコミットしてるパレスチナ解放機構は、アメリカでは徹底的にマイナーでしかありえないものであって……。

浅田　それで、修羅場もくぐってきたわけでしょう。

柄谷　アラファトの国連演説のドラフトを書いたりしていて、ユダヤ系の組織や反アラフアト派の暗殺《ヒット》リストに載ってるんで、防弾リムジンに乗っていたとかいう話を聞いています。ジェイムソンよりは具体的な状況のなかに入ってるわけです。しかも、ぼくは会うまでちょっと錯覚してたんだけど、サイードは、パレスチナ難民どころか、東部エスタブリッシュメントのエリート的な教育環境のなかで育っていて、何というのかな、スノビッシュというのでもないけど……。

浅田　まあ、グレン・グールド論なんかも書いていますし……。

柄谷　そう、それが不自然じゃないような人ではあります。そこへ突然パレスチナ論が出てくるわけで……(笑)。

浅田　すると、そういうコミットメントというのは、一種、実存的な決断によるものなのかもしれない……。

反神秘主義とオリエンタリズム批判

柄谷　そうですね。彼と会ったころ、ぼくは、ディコンストラクションというわけじゃないけど、ゲーデル問題みたいなことをずっと考えてて、それで少し頭がおかしくなっていたわけです(笑)。まあ、テクストと言ってもいいし、自己差異化する差異体系と言ってもいい、そういうところで考えていると、どうしても神秘的なものが入ってくる。

浅田　体系が外的なショックによって変わったのを、内側から自己差異化する力によって変わったのだとか何とか……。

柄谷　そういうふうにして神秘主義に陥ってしまう。それで、サイードに「霊的《スピリチュアル》なものについてどう思うか」と聞いた。そしたら、「自分はそういうものに何の関心もない。自分は暗殺《ヒット》リストに載っている以上、死ぬということはそういう問題なのであって、家族のことだけを考えている」と言うんですね。ぼくは、アッと思った。

考えてみたら、二十何年前はこういう言葉のほうがふつうだったなと思って、自分の存在の仕方が、いかにふやけてきたかを思い知らされた気がして。

浅田　言い換えれば、ぬくぬくと囲いこまれた暇な人だけが、死後の世界について思いわずらったりする……。

柄谷　そういうことです。世界中いたるところで戦争をやってるわけで、そんなところでは、霊界のことなんか考えてる暇はない（笑）。

浅田　とにかく、反神秘主義という点では、サイードは一貫していると思います。それを端的に示すのが、八三年に出た『世界・テクスト・批評家』のあとがきですね。サイードはそこで、いっさいの「宗教的批評」を排して、「世俗的批評」に向かおうとする。

その「宗教的批評」というのは、大きく分けて二つあります。

一つは、いたるところで多数多様な事件として生起する外部を、一個の大文字の《他者》のうちに集約し封じこめるもの——たとえば大文字の《オリエント》に基づくオリエンタリズムのように。

もう一つは、サイードの示唆を大幅に敷衍して言えば、そういう多数多様な外部の力を、テクストの自己差異化する力とでもいったものや、決定不能性やパラドックスといったものの中に閉じこめて神秘化するもの——たとえば、大文字の《テクスト》に基づくディコンストラクションのように。

その両方を「宗教的批評」として一括して切り捨てるんだから、ひどく野蛮な話ではあるけれど、じつにキッパリとしてるんですよね。

柄谷 まあ、悪く言えばアジテーションみたいなものだから。『オリエンタリズム』という本でも、最初から最後まで同じことばっかり言ってる(笑)。ただ、そこでも彼は、オリエントというものを外部として直接もってくる方法をとらないわけでしょう。

浅田 というか、そういう方法がオリエンタリズムなんですね。

柄谷 そうです。だから、実際のオリエントについていつ述べるのかと思って、それだけを楽しみに読んでたら、最後までそれについては述べないの(笑)。「本当のアラブ世界」なるものが、まさにオリエンタリズムなんですね。

浅田 で、オクシデントとオリエントの関係が、そういう粗大な二項対立として言説空間のなかで編成されるメカニズムを、えんえんとフーコー的に分析する。結局、オクシデントが自らの外部をいかにしてオリエントという形に集約し、それをアンビヴァレントな対象として描いてきたか、ということですね。

柄谷　サイードは中東だけを扱ってて、インドとか中国とかについては、重要だけど述べないって言ってるでしょう。

　それでぼくなんかが逆に思うのは、日本と朝鮮や中国との関係なんですね。これは、密接した関係であるだけに、何度も逆転が起こってる。たとえば、日本人が中国人を「チャンコロ」呼ばわりするようになるのは日清戦争からで、それまでは、聖人は中国にしか現れなかったとか言ってたわけです。朝鮮についてはもっと極端です。江戸時代は、朝鮮からずっと文化的使節を招いていたのですから。

　そういう過去を隠蔽したい、過去の優劣関係を逆転したいというところから、日本のアジア史観——日本のオリエンタリズムが出てくるんですね。西洋は、アジア一般との間にそういうアンビヴァレントな関係をもっているわけじゃなくて、もっているとしたらアラブとの間だけでしょう。過去におけるアラブの優位というのは、まっとうに世界史を見れば明らかです。西洋近代は、そこから出てきたわけだから。

浅田　まさにそうなんですね。そこをまた隠蔽して、イスラム世界は古代ギリシア・ローマの遺産を保管してルネサンス期ヨーロッパに伝えた、なんていう筋書きを捏造するんだけど、これは偏向もはなはだしい。第一、ギリシア・ローマというのは、ヨーロッパというより地中海世界の一部なわけだし……。

柄谷　そういうアラブに対する負い目から、オリエンタリズムが出てくる。それは、アジア一般とはまた別のものだと思いますね。

浅田　言ってみれば、そういう関係が、西洋に対するアラブ、日本に対する中国・朝鮮を、内なる他者にするわけでしょう。

柄谷　そう、そこにある心的外傷《トローマ》の体験が核になるんですね——こう言うと精神分析みたいになるけれども。

日本のオリエンタリズムと天皇制

浅田　その意味では、さっき言われたように、われわれの側にもオリエンタリズムがある。これは重要なことですね。とくに朝鮮との関係。

柄谷　そうです。中国とだけなら、まだしも。

浅田　朝鮮となると、日本古代史は朝鮮古代史の貧弱な一章にすぎないというくらいで、影響されているというより、包含されているわけでしょう。

柄谷　それを、記紀のあたりから何とかして隠蔽しよう、隠蔽しようと……。

浅田　天武朝のころから、ウソにウソを塗り重ねてきた。

柄谷　そういう意味では、天皇制の構造自体のなかにオリエンタリズムが入ってるんですね。

浅田　まあ、天皇については、スケープゴート理論なんかを使って、天皇は共同体のなかから排除されて析出された外部であるとか、そういう上方の外部として、下方の外部である被差別民と通底しているとかいうわけだけれど、事実性として言えば、天皇は端的に外から来たわけでしょう。

そこには、端的に外であるようなものを、内なる外部として窮極的に内部化する、そういうメカニズムが働いているんじゃないか。つまるところ、それは《交通》の遮断によるものですけれど。

柄谷　そうです。そして、日本がアジアに対するとき、つねに天皇制が機能するようになっている。内的に超越化した天皇を、アジアにもっていくわけです。大東亜共栄圏でも何でも、そうでしょう。

とにかく、西洋のオリエンタリズムを批判するのはいいんだけど、ヘタをすると、こっちのオリエンタリズムに引きよせられてしまう。

浅田　それが一番の危険でしょうね。

柄谷　たしかに、サイードのおかげでオリエンタリズム批判がかなり一般化していて、たとえばアメリカの日本研究者《ジャパノロジスト》でも、サイードの『オリエンタリズム』を受け止めておかないとダメだというのが、共通の認識になっています。

彼らが最初に読むのは、いわば中村光夫流の文学史で、英語で書かれた文学史も基本的にその線なんでしょうけど、中村光夫の文学史は、日本人が日本について書いても西洋型オリエンタリズムになる例で、そこでまた、西洋人が自己確認するという循環になっているんですね。そういう循環を破らなくちゃいけないってことで、サイードの本を通じて、ぼくの『日本近代文学の起源』を発見したりするわけです。

それはいいんだけど、そちらのオリエンタリズムを抜けてきたかなり優秀な人が、日本のオリエンタリズムにヒュッと入っちゃったりするんです。

浅田　それは困りますね。しかも、それでいい気になる日本人がいたりするから、よけい具合がわるい。

柄谷　だから、西洋側の自己批判をこちら側が受け容れてオリエンタリズム批判をするとかいうのが、ぼくはイヤなんです。それこそオリエンタリズムではないか。日本人は、みずからがオリエンタリズムの被害者であるという視点を、そう簡単にとれないと思う。それだけではすまないですよ。日本こそオリエンタリズムを再生産している、という視点をとらないと。

浅田　おそらく、アジアであれどこであれ、微細に見ると、それぞれの場所でオリエンタリズム的なものが再生産されているのであって、ヨーロッパ中心の視点を離れたとしても、別の一つの視点に固着してしまったら、同じことなんですね。

柄谷　結局、一国だけを見ているとダメでしょう。そう言えば、アメリカで中国を研究する人はほとんど必ず日本語をやらされるんだけど、日本を研究する人は、日本語だけでいいんです。

そうすると、中国をやってる人は、さっき言ったような日本のオリエンタリズムを免れていることが多いんです。まあ、そのかわり、日本は歴史的に中国の文化圏の一部だというような、わりあいオーソドックスな偏見をもっていたりもするけれど。

浅田　でも実際、大きく見れば、日本なんて中国の、一部とは言わないまでも、シッポみたいなもんだから。

柄谷　そうですね。少なくとも、そこにはわれわれの偏見を正すだけのものはあります。

中国について

浅田　それにまあ、何と言っても、中国は徹底して複数的ですからね。日本に同一化するようにして中国に同一化しようとしても、そう簡単にはいかない。

柄谷　うん、歴史的にもまったく非連続だし。

浅田　茫漠とした地理的なひろがりのなかで、つねに多数の中心があって、それらがズレながら動いている。権力もその間を非連続的に移行していくだけなんですね。だから、一つの確固たる中心をもったハイアラーキーとしても、天皇制みたいに一見非中心的な同質空間としても、捉えることができない。

もっとも、そこから見直せば、それこそが歴史一般のリアリティなのであって、一元的に捉えられた構造が単線的に発展するというのはフィクションでしかない、ということになるんでしょうが。

柄谷　そこで、ぼくはかつて、苦しまぎれにマルクスの《交通》という概念を引っぱり出してきたわけです。《交通》というのは中心化をさせない原理なんですね。

浅田　といって、非中心的なハーモニーというわけでもない……。

柄谷　そう、とりあえず中心はあるんだけど、それが多数なんですね。

浅田　中心の多数性、その間のズレと移動、これが《交通》ということでしょう。

柄谷　ヘーゲルじゃなくてマルクス、という場合は、そこがいちばん問題になると思う。

浅田　その点、中国なんてのは、そういうものが露骨に見えてますよね。

それで思い出すのは毛沢東の『矛盾論』なんです。あれは、矛盾が並列されるばかりで立体的な展開がない、と言われてたけど、実際、毛沢東の言う「矛盾」は、ほとんど差異と言ってもいいようなもので、それが横へ横へとズレていくという感じなんですね。あるいは、ズラすことで矛盾を「止揚」するというか。

戦争論なんかでも、ヘーゲルの場合は、一階で死闘を演じてみせることによって二階で甦り、さらにまた累進的に上昇していく、という形なのに対し、毛沢東の場合は、その家から逃げ出して広大な空間を横切っていくというか、とにかくクリティカル・ポイントをズラしながら、逃走戦を展開するわけでしょう。

柄谷　そう言えば、「長征」なんて、単に逃げ回っただけですから（笑）。

浅田　ああいう反ヘーゲル的な矛盾論・戦争論というのは、いかにも中国的と言えば言えるのかもしれない。

柄谷　また逆に、中国には朱子学なんかがあって、支配の正統性を論理化したりするけれども、あそこにはものすごい論理的な暴力がありますよね。正統性といったって、つねに非連続になってるわけで。モンゴルや満州人が侵入して支配したりして、どこがどう正統なのか？（笑）

浅田　だから、実際には非連続な継起でしかないものに論理的な一貫性を与えるために、強引に超越的なロゴスをメタレヴェルに架構する。

柄谷　そう、それはものすごい緊張をはらんだものだと思う。ところが、日本に来ると、「万世一系」の天皇というのが初めから隠れたメタ、、、、、レヴェルとしてあるために、そういう緊張が失われる。

浅田　で、その対極にあっていっさいの超越性を斥けるかのような国学などが出てくるんだけど、それは、その隠れたメタレヴェルに包摂されていることで初めて可能になるものなんですね。

柄谷　そのことは江戸思想史を見るといちばんはっきりすると思う。やっぱりあそこをきちんとやらなくちゃダメなんですよ。江戸時代に体制化された朱子学が、徂徠によって独創的に批判され、さらに国学に行き、云々とかいう紋切り型から出ないと。

浅田　それは、パースペクティヴを組み換えていかないと。

逆転されたオリエンタリズム

柄谷　ちょっと話がとぶけど、このごろアジアを云々するときに「ウラ日本史観」をとる人が多いでしょう。

浅田　ああ、弥生的なものに対する縄文的なものとか、常民的なものに対する山人的なものとか。で、そういうものが、アジア全域と隠れた結びつきをもっているんだとか。

柄谷　そうそう。あれは面白いけど、結局はＳＦですね。そこでやってたのではダメなんで、やっぱり言説の空間のなかできちんとおさえていかないと。一応そういう空間ができてるのが、江戸思想史なんですよ。そこを飛ばしちゃえば、結局また別のオリエンタリズムになっちゃうんじゃないかという気がする――「深層のアジア」とか。

浅田　たしかに、「オモテの日本」に対する「ウラの日本」をそういうふうに実体化しちゃえば、さっき日本と朝鮮なんかの関係について見たような、単なる優劣の逆転が出てくるだけでしょう。それはオリエンタリズムそのものですよね。

柄谷　そうなんです。まあ、もうちょっとこみ入ったことを考えないと。

浅田　というか、現実というのはもっとこみ入っているわけですよ。それを、オモテ／ウラとか、表層／深層とか、内／外とか、自己／他者とか、単純な二項対立にしちゃうから、神話みたいなストーリーが出てきちゃう。

柄谷　そもそも日本自体が、アジアでしょう。そこで、西洋のオリエンタリズムを批判して、その逆転としてアジアにつく。それを反復しているだけね。この反復は厭わしい——無知だから（笑）。マルクスは、無知が栄えたためしはないと言うけれども、栄えるんだよ（笑）。

浅田　それに、無恥もね（笑）。

柄谷　とにかく、そういう議論に衝動的にひかれるとき、そのことに自覚的でないといけない。そういう衝動は、ある構造的な反復強迫によるものだから。なんとなく、それは天皇制とくっついていくんですよね。天皇制批判として出されていても、やっぱりそうなりますよ。ぼくは天皇に興味ないんだけど、天皇制批判をやる人は、むしろ天皇にひかれやすい人じゃないのかな（笑）。

浅田　そもそも、大東亜共栄圏構想というのが、そういう意味でのオリエンタリズム批判だったわけでしょう。

　まず、欧米列強による植民地支配からアジア諸国を解放するということ。それから、全体と個の矛盾に苦しむ西洋に対して、全体と個がソフトに調和した東洋的な共栄圏を形成するということ。

　この場合、天皇という虚の中心によって可能になる、一見非中心的なホロン的秩序のなかで、全体と個が一つになっているというヴィジョンが、東洋的なものとして提示され、西洋の中心化されたリジッドなハイアラーキーよりも優位に置かれるわけだけど、これは逆転されたオリエンタリズムの典型ですね。

柄谷　そういう意味では、いま保守的な層を中心にもてはやされている議論というのは、全部オリエンタリズムです。まったく同じことをくり返してるわけで……。

浅田　しかも、戦争前と同じで、経済的な問題を伴っているでしょう。

日本帝国主義とアジア

柄谷　現実に、いまのアジアは日本のマーケットです。だから、啓蒙主義的にオリエンタリズムを批判して現実のアジアを見に行けと言っても、それはヘタをすると日本のマーケットへ行けと言うようなもので、こちらの偏見——「良識的」な偏見も含めて——を再確認して帰ってくるだけになりかねない。まあ、どんどん動けるようになったけど、それが

《交通》と言えるかどうか。

浅田　それはヨーロッパに対しても同じでしょう。

柄谷　そう。パリだけがフランスだというような「オクシデンタリズム」がある。パック旅行でそれが自己確認される。

浅田　しかも、最近の日本人は妙に自信をもっちゃってるから、フランスは後進国だと思ってて、実際に行ってみたら、やっぱりパリは汚かった、とか(笑)。むろん、アジアに対してはもっとひどい。

柄谷　だから、むしろ古典的な帝国主義論が必要だと思うくらいです。

浅田　まったくそう。世界市場の分割をやってるんですから。

柄谷　そうでしょう。日本の消費社会のなかにいると、それが見えません。自明なのに。

浅田　たとえば最近、吉本隆明の講演録を読んで唖然としたんですけどね。

それによると、第三世界で飢えに苦しむ人がいるのに日本でチャラチャラ遊んでいるのは何事だ、というような議論はまちがっている。なぜなら、一方は生産を主体に考えるべき地域の問題で、他方は消費を主体に考えるべき地域の問題だから、と吉本隆明は言うんです。だけど、そういう日本の消費社会というのは、まさに第三世界の貧困の上に成り立っているわけでしょう。

たしかに、労働の移動がないところでは国際価値の定義がうまくいかないために、厳密な不等価交換論は展開できないとしても、近似的に言えば、第三世界で平均五時間働いて作ったものと日本で平均五分働いて作ったものとが交換されるということは、十分に考えられるわけです。むろん、短絡は危険だけど、そういう比較をいっさいカッコに入れるというのは、非常識としか言いようがない。

柄谷 それはもう、戦後の思想というものがいかに閉じられていたか、という証拠です。まだ大東亜共栄圏のイデオローグのほうが、現実を見ていたと思う。彼らは、日本の侵略を無理矢理に正当化しようとしていたわけだし。

浅田 今はそういう悪の意識もありませんからね。

柄谷 さっき言っていた、全体と個の調和とか自他の融和とかをアジアに求める——まあ、チベットでもバリ島でもいいけど、それも同じことですね。日本の消費者の観光旅行——文化人類学的パック旅行のためのリゾートっていう感じでしょう。向こうにはたいへんな、しかも凡庸な現実があるのに。

浅田 まえに言ったように、サイードはオリエンタリズムとテクスチュアリズムを批判するわけだけど、結局それは一つになるんですね。ロゴス＝ファルス中心主義的なハイアラーキーから解き放たれた、中心のないフェミニンなテクストの戯れの場所、それはアジアだ、というふうに。

柄谷 そういう場所がある、と言ってしまうのは観光業者の手口なんですね。サイードは、バルトの『表徴の帝国』もオリエンタリズムだと言っていました。たしかにそれはそうなんだけど、バルトは、自分の対象は実在の日本じゃないと言ってるから……。

浅田　これはもう一つの「ガラバーニュ」（アンリ・ミショーの架空旅行記『グランド・ガラバーニュの旅』の引用）の話なのであって、東洋そのものなんかはどうでもいい……。バルトのあれは、見えすいた予防線とはいえ、フェアですよね。

柄谷　そうです。ところが、チベットの密教であれ、朝鮮のシャーマニズムであれ、そこにあると言ってしまったら、その瞬間にただの神秘主義になってしまう。で、そこへ観光に行きましょうということになる。

浅田　ポストモダン・アジア、ポストモダン・ジャパン。

柄谷　それは最悪のオリエンタリズムです。西洋から逆輸入したものを、さらに低級にしている。

バルトとクリステヴァ

浅田　その点、バルトはギリギリの線でしょうね。クリステヴァなんかと比べても、やっぱりすぐれてると思う。

まあ、クリステヴァの理論はディコンストラクション以前であって、表層にあるサンボリックな父権的秩序に対し、深層にあるセミオティックな母性的混沌が潜在的顚覆力をもつというわけです。彼女は、中国にそういう母性的なものの力を見出して満足したのだけど、日本では、むしろすごく不快だったらしい。

帰国後、『アール・プレス』のインタヴューでそのことを言ってるんですが、要するに、父権的な掟のないところでは、母性的なものによる侵犯が意味をもたない、ということなんですね。そこでは、前エディプス的な母子関係に基づくナルシシズムに、すべてがひたされているのではないか。それが、穏和なものと暴力的なものの交替を生むけれども、それらは弁証法的関係をなしえないのではないか。おおよそそういう議論で、どうにも単純としか言いようがない。

そういえば、バルトとフーコーの友人だったモーリス・パンゲが最近『日本における意志的な死』(邦題『自死の日本史』)――キリスト教道徳に反抗するためにあえて「自殺」と言わないわけですが――という本を出していて、じつによく書けてはいるんだけど、これも結局は、西洋における父権的な禁止とそれへの侵犯、日本における母性的な絆とそれへの裏切り、という紋切型に落ちこんじゃう。そのへんが、精神分析による議論の限界でしょうね。

柄谷　クリステヴァみたいな議論は、ふつうの中国思想史とまるで変わりません。中国は、儒教と道教の緊張関係でずっとやってきたということ。むろん中国仏教は、老荘の線にあるわけです。それを別のタームで言い換えてるだけでしょう。

ところが日本は、無為自然を説く老荘さえも人工的であると批判する、おそろしい無原理性を原理としておりますからね（笑）。とにかく、国学が、そういう日本的な生成の論理をフェミニンなものとして肯定してしまうわけで、老荘のような父権制への批判みたいなものも、空回りするようにできている。

そのフェミニンなものというのは、クリステヴァの言うようなものとは違うと思う。バルトは、それを見ようとしていたと思うけど。

浅田　そう、クリステヴァの言うようなものよりはるかに稀薄な記号の散乱——バロックというより、むしろロココ的な。それから、デリダもまた、ニュアンスは違うけれど、クリステヴァ的な段階よりずっと先まで行ってると思う。しかし、そこまで行っても、やっぱりオリエンタリズムの危険はあるわけですよね。

柄谷　日本ではバルトやデリダを読むと、必ずその気になる人がいますからね。

浅田　たとえば、声を批判し表音文字を批判するとして、アジアというのは表意文字の宝庫みたいなところだから、それこそ「エクリチュールの幸《さきは》ふ国」という感じになっちゃう。また、元『テル・ケル』の連中が、下手な漢字を使ってみせたりして（笑）。

もっとも、バルトはともかく、デリダの言うエクリチュールとは、カバラ的なものでしょうけど。

政治と離れた言説はありえない

柄谷　そうですね。まあ、こうして見ると、ポスト構造主義の展開のなかで、今や思想的な道具は全部出そろってるわけで、あとは、それをどう使うかということになってしまっている。アルチュセールが言ってるように、そうやって出そろったものというのは、もはや無意味な形式になっていて、それがどういう意味をもつかは、コンテクストによってまるで違ってくるわけでしょう。それに注意しておかないと、ある同じことを言いつづけていても、今までと逆の意味をもつことが、ありうるわけで。

浅田　その意味で、ニーチェやフーコーや、あるいはサイードがやっている知と権力の分析というのが、今とりわけ重要になっていると思うんです。

柄谷　そうです。今そういう見方が必要なのでしょう。

浅田　たしかに、サイードなんかの政治概念はあまりにも粗雑で、厳密に言うと問題は多いけれども、少なくとも一つの刺激にはなるでしょう。

柄谷　結局、政治と離れた言説などはありえないということを、もう一度強調すべき時期にきてるんですね。

　オリエンタリズムというのは、まさにそういうところで問題になるものだと思います。

〈初出『GS』第三号・一九八五年一〇月刊「〈オリエンタリズム〉をめぐって」改題〉

昭和の終焉に

「一九三〇年代」に入りつつある

浅田　実をいうと、ぼくは昭和について語りたいとはまったく思わない。昨年（一九八八年）の九月このかた、連日ニュースで皇居前で土下座する連中を見せられて、自分はなんという「土人」[注1]の国にいるんだろうと思ってゾッとするばかりです。それでもあえて考えようとすると、柄谷さんが前に『海燕』に書かれた、ほとんど無根拠な〝明治・昭和反復説〟（『終焉をめぐって』所収）というのが気になって、それでまた客観的に考えられないわけ（笑）。

かりに明治元年と昭和元年をパラレルに置いてみる。すると、それぞれ一〇年ごろに西南戦争と二・二六事件があり、それを上から抑えこむ形で二〇年前後に憲法等の体制が整って上向きの軌道に乗るわけだけれども、明治四五年の明治天皇の崩御と乃木将軍の殉死、昭和四五年の三島由紀夫の自決によって、抑圧されていたものが形の上で一瞬回復され、しかしそのことによってそれがいわば禊されてしまって、名実ともに明治あるいは昭和が終ってしまうというわけです。さらに現在を考えると、一昨年は昭和六二年だから四五年から十七年経っている。明治四五年から十七年経つとどうなるかというと、西暦一九二九年、大恐慌の年で、一昨年も例の大暴落（ブラック・マンデー）だから、ちょうど合うわけですよ（笑）。

こうなるとノストラダムスの大予言みたいになっちゃうわけですけれども、ある意味では、たしかに大正期のある種の小春日和めいた状況と、一九七〇年代から八〇年代の初めにかけてのポストモダンと呼ばれもするような宙吊りの無風状態というのは似ていないこともなくて、それがいよいよほころびを見せはじめているのが現在じゃないか。まさにそこで昭和が本当に終ろうとしているわけです。

柄谷　一九八七年の夏、「昭和」が終るのではないかという予感があって、少し考えてみたんです。ぼく自身も年表を較べてみてそういう符合に驚いたんです。もっと驚くべきことに、それを延長していくと一九九九年が昭和一六年に当たるんです。そうなると、まさにノストラダムスの大予言になるので、書くのをやめときました（笑）。一九一二年から一九七〇年というと、ほぼ六十年です。六十年というのは易で一回転する時間ですが、もう一つ、アメリカ人が書いた恐慌についての本で話題になったのがありました。

浅田　ラヴィ・バトラの本ですね。

柄谷　ええ。あれも六十年周期説を言ってるんです。むろんぼくは神秘的な数理学に興味はないんですが。ただたまたま日本で六十年周期になったように見えるけれども、それは世界的な構造と確実に結びついているんですね。そういう意味で、日本だけじゃなくて、いわば「一九三〇年代」に入りかけているんじゃないかなと思うんです。

浅田　そう、今年はもう一九三一年になるわけです。

柄谷　昔のような形はとらないけれど、似たようなことが出てきてますよね。

浅田　一方では明らかに過去の経験をふまえた国際的な協力が進んでいますけれども、他方ではあるていど世界経済がブロック化するでしょうからね。九二年のヨーロッパ市場の統一とかね。

柄谷　統一貨幣をつくるんでしょう。

浅田　エキュ（ユーロの前身）というやつですね。アメリカはアメリカ圏で頑張るし、そうすると、日本は「大東亜共栄圏」ということになるのではないか。

変貌した天皇

柄谷　戦後体制というのは、基本的にはアメリカがあり、その対立物としてソ連圏があって、この二元構造の中に多様な対立が吸収されてしまう形になっていた。それは危険に見えていたけど、じつは安定していた。それがいま壊れているわけです。そうなると、政治にせよ思想にせよ、従来の問題の立て方が通用しない。たとえば、世界各地で「民主化」が進行しているのもそのためでしょう。今まで日米の対立がなぜ目立たなかったのかといえば、米ソという巨大な対立の虚構に吸収される構造があったからだと思うんです。今は米ソ対立の虚構性がはっきりしてしまったから、日米や日本とECなんかの経済的対立のほうがもっと表面に露出してきていると思うんです。

だから、ある時代が終ったという感じは、べつに数字合わせじゃなくて、また日本の文脈だけでもなくて、世界的にあるんじゃないかなと思うんです。

浅田　第二次世界大戦と核の出現が、絶対戦争イコール絶対平和という宙吊りの抑止状態をもたらしちゃったでしょう。それが戦後、最近にいたるまでずっと持続したわけです。しかし今、それが崩れつつある。MAD（相互確証破壊）に象徴される完全な核抑止の体制がなしくずしに流動化され、一方ではSDI（戦略防衛構想、いわゆるスター・ウォーズ）を考え、他方ではLIC（低強度紛争）みたいなものを考えるようになって、世界が絶対的な死と破壊を前に凍りついていた状態から、一種多様な葛藤の流動状態に移りつつあるのではないかと思うんです——むろん核抑止という大きな枠の中の話ではありますが。

それに対応していうと、昭和天皇は、大戦以前にはそれにふさわしい国家主義的な装いをし、戦後の宙吊り状態ではまたそれにふさわしい装い——柄谷さんが前に「ゼロ記号」と言われた象徴天皇制という形をとって、うまくフィットしてきたわけです。それがこのまま持続するだろうか。ぼくは、かなりのていど持続すると思いますけど、しかし、またちょっと違う面も出てくるんじゃないかという気はするんです。

柄谷　そのへんはむずかしいですね。今の時代区分とアナロジーのほかに、別の見方も可能なんですよ。昔、ジョージ・スタイナーの「文化論」を読んだことがあるんですが、T・S・エリオットを反ユダヤ主義者としてやっつけたものです。その中で一つだけ印象に残った指摘があるんです。

一七八九年のフランス革命から一八一五年までの約三十年間、これは疾風怒濤の時期ですね。文学のタームでいえばロマン派ということになると思うんです。それは破壊の時期だし日々先がわからないというような時期ですけども、それが終った一八一五年以降はとても安定している。ときどき革命はあったけれども、周期恐慌的なものであって漣《さざなみ》にしかすぎない。いわば構造が支配する時代が来て、それが百年続いた。一九世紀というのは一八一五年から一九一四年までであるというわけです。

それから一九一五年から一九四五年までの三十年間、これがまた疾風怒濤なんです。そして四五年以降は相対的に安定した体制できている。その間に、一九六〇年代後半のラディカリズムもあったけれども、それは全体を揺るがさない。この体制は、極端な破壊をもたらさないようにするシステムでもあるわけです。たとえば、二度とナポレオンを生み出さないようにする。メッテルニヒ体制がそうですね。ナポレオンの再現はナポレオン三世ではなく、ヒットラーの第三帝国だと思う。

同様に、第二次大戦以降はその前の三十年間の大混乱を二度ともたらさないようにしようとする。一昨年の恐慌の場合も、その意識は非常に強いですね。あれが第一回めだったら、世界的にパンクしてますよ。それを避けようとする国際協力が働いている。これはスタイナーは言ってないんだけれども、フランス革命からもう百年前に戻しますと、一七世紀の三十年戦争になる。

浅田 百五十年あまり前ですけどね。あれは当時の世界大戦ですよね、ヨーロッパ世界の。

柄谷 ええ。宗教戦争ですよね。イギリスではピューリタン革命があった。その後、イギリスにしてもどこにしても、妥協とか寛容というのが出てきて、絶対的なものは引っこめよう、「巨大な物語」はやめようという形で、近代国家としての体裁をとりはじめたわけでしょう。そのあと、だいたい安定期が百年続いた。ところが、フランス革命後に、別の「物語」が蘇生したわけです。そして、ヘーゲルがいうように、ナポレオンで歴史が終ったということになる。だから、リオタールのような、モダン－ポストモダンという区別はよくないと思う。これからどうなるかわかりゃしない。

現在のことでいうと、前の大戦の記憶がある以上は、まだ四十年ぐらいは安定体制を目指そうとする意識が働くんじゃないか。多少の変動や混乱があっても、漣ていどにとどまるのでないかという気がするんです。大破局の記憶というのは、われわれのなかに強く残ってますから、そういう人間がいる間は同じことはやれないんですよ。

浅田 反復からくる慎重さ、悪くいえば悲劇のつもりが茶番になってしまうという情けなさがあるから、同じことが反復されるということはないですね。

柄谷 結局、こういう時代は構造の中で説明できてしまうんじゃないかと思う。構造的な反復ということです。この時期は退屈な時代です。この時期の思想家で目立つのは、したがって構造を、つまり視えない構造を解明しようとした人です。マルクスにしてもニーチェにしても。ロマンティックではありえない。ところが、フランス革命からナポレオン戦争の三十年とか、第一次大戦から第二次大戦の三十年の激動期にいる連中は、いわばロマン派的です。日本でも日本浪曼派が出てきたけれど。文学でもジョイスにしてもプルースト にしても、巨大なんです。

この連中を「モダニズム」という概念で片づけることはできない。モダンでもポストモダンでもない地平にあったと思います。ぼくは、ついこのあいだ坂口安吾を読み返したんですけれども、面白い。やはりまるっきり構造のない時代に生きた人なんです。明日はどうなるかわからないというところでの生ということを考えている。ハイデガーにしてもサルトルにしても、その人たちが生きてきた時間性というものが基本的に違っているんじゃないか。彼らはその時期、非日常性イコール日常性というところで生きていたのであって、そういうのを取っ払って理論だけ切り離して考えると、ほとんどわからなくなってしまう。

現人神の天皇・老人の天皇

浅田　実際ハイデガーのニーチェ論なんかでも、形而上学の完成すなわち世界戦争という暗黙の含みがあるわけです。西田幾多郎だって、京都学派の「世界史的立場」の哲学だって、全部そうですよ。ものすごい激動という条件の中から出てきた。生産的な方向に行ったときにはものすごいものが出てくるけれど、間違うと、ものすごく間違っちゃう。

柄谷　ヘーゲルはシュトルム・ウント・ドランクを青年期からずっと経験してきて、それを集大成したようなものが彼の哲学体系です。それはのんびりしたものじゃない。激しい時間がそこにあると思うんです。

日本の場合も、西田学派というのはいろいろ言ってるけれども、基本的にはヘーゲル的ですよね。

浅田　そうですね。とくに『世界史的立場と日本』というのは完全にヘーゲル主義のネガですよね。

柄谷　そうそう。ああいう論理も、論理そのものはやっつけられるんだけれども、その時代の時間性みたいなものを切り取ると、およそ分からなくなってしまうんじゃないかと思います。

昔、マクレランというイエール大学の教授が志賀直哉の『暗夜行路』を翻訳していまして、そのときに、みんな志賀直哉というと白いヒゲを生やした老人を思い浮かべてしまう、それが間違いなのではないかと言うんです。なるほどと思ったことがある。確かに、若いときの写真を見ると、精力絶倫という感じの男なんです。ぼくらが戦後の教科書で

「小僧の神様」とかを読まされたときのイメージと無縁です。同じことが天皇にもいえるんじゃないか、と思うんです。浅田君なんかはもっとそうだろうけど、ぼくなども意識的に見るようになったときは天皇はもう老人でした。それで天皇はそういうものだと思ってしまうし、今の若い人は、そういうふうに思っているでしょう。ところが、御真影とかを見ますと若いし、現人神といわれるだけのものがあるわけです。だけど老人になった天皇を見て、もともとああであったんだろうという錯覚を持ってしまう。そういう錯覚はすごく大きいと思う。

菊池寛の『恩讐の彼方に』というのがありますよね。人殺しの男が罪滅ぼしにトンネルを掘っている。その男に親を殺された男が仇を討ちにトンネルまで行くけれども、すでに年老いたその男と一緒に掘りはじめるわけです。掘り終るまでは殺すのはやめておこうと思ってるんだけれども、トンネルが完成したときには感動のあまり恩讐を超えてしまったという話なんですけれど、菊池寛というのは大衆的な心理の機微をつくのがうまい人ですから、日本人ってのはそうなんじゃないかなと思うんです。すぐ恩讐の彼方に行ってしまう。

天皇に関しても恩讐の彼方にしてるけど、それは外では通用しないし、歴史的にも通用しないと思うんです。天皇といったときには、若い時期の馬に乗った写真を思い浮かべないといけないと思う。大元帥なんですよ。

浅田　白馬に跨がって閲兵していたわけですからね。そのころだって、三島由紀夫の『英霊の聲』にあるように、清らかで小さくて弱々しくて、これをみんなが守らなければならない、という面もあったでしょうが、いずれにしても凜々しい中心ということではあった。

柄谷　二・二六のころ、「恋闕」という言葉がありましたね。これはほとんどホモセクシュアルな心理ですが、それにふさわしい相手ではあったわけでしょう。それが戦後はもう消されていましたからね。

浅田　だから天皇の若いころと齢とったころというのは、帝国主義的な君主のイメージと、ゼロ記号に近い象徴天皇のイメージに対応して、きわめて巧みな変貌を遂げたということでしょう。

ヘーゲル主義と京都学派

柄谷　反天皇主義者はいろんなところにいるんだけれども、最後には、天皇より長生きしてやろうというところに行き着いた人が多いわけですよ。しかし、みんな負けてしまった。三島由紀夫にしても負けたと思うんです。あれは天皇がちっとも死んでくれないで、自分はどんどん齢とっていく。それなら自分が先に死ぬしかないという感じがある。もし一九七〇年に天皇が死んでいたら、とぼくは考えたんですけど、三島は殉死したのではないかと思うんです、乃木将軍ふうに。だけど、天皇はいつも死なななかった。それを巧妙な変貌というけれども、基本的には生物学的問題でしょう。「文化」の問題じゃない。長生きされることがこれだけ不条理なことだとは思わなかった。昭和という年号だって、昔は年号はいつでも変えられたけれど、明治以後は天皇の在位中は変えないから、ほとんど生物学的事実に依存しているわけです。そうすると、ぼくらが何を言っても全部はぐらかされるという形になってしまうわけです、天皇が生き続けていることによって。

一昨年、ぼくは天皇のことで考えたり話したりしたのですが、その時点で、もうこれで昭和は終るだろうと思ったんです。しかし、これもまたはぐらかされそうになって、だんだん話す気がしなくなった。それをもし巧妙だとかいうんだったら、巧妙さのレベルが意志とか文化だとかじゃないところにいってしまって、何ともいいようがないです。

浅田　ハイデガーと京都学派が全然違うのは、ドイツでは当然ヘーゲル主義をふつうの形でとっていますよね。主体どうしがぶつかりあう中から歴史の弁証法が展開していく、と。歴史とはそのような闘争の歴史であり、それがいま最終段階に来ているということでしょう。ところが京都学派の場合は、その図式を九十度回転させるわけです。空間的な闘争の中から時間の弁証法が出てくるのではない。日本では「無の場所」としての皇室が、いわば空っぽの筒みたいに時間を貫いてすべてを包みこんでおり、その中で各々が所を得て空間的に平和共存できるのだ、と。だから、ヘーゲル主義はふつうの意味で歴史主義になるわけですけれども、京都学派の「世界史の哲学」は、一種トランスヒストリカルになっているわけです。歴史を貫く、あるいは歴史を超えてしまうという意味で。

これは生物学的持続にもとづくものであって、歴史的実践の埒外にあるんですね。そういう「無の場所」で、日本、さらにはアジア全体を包んでいく。その中では全体と個がそれぞれ所を得て、エコロジカルあるいはバイオホロニックな調和を奏でることができる、という思想でしょう。西欧がヘーゲル主義をつき詰めたのであれば、東洋はそれを九十度回転させて、最終的に「和」によって勝とうというわけです。

この思想は、戦後一時的には隠蔽されたというか忘却されたわけですけれども、じつは全然清算されないまま残っていて、近代主義が去り、反近代主義が去ったときに、ポストモダンと言われているような状況の中で再現されつつある。しかも、その背後には「大東亜共栄圏」を経済的に実現してしまった日本の経済進出がある。だから、われわれは依然として京都学派的な「世界史の哲学」の内部にいるのだと思いますね。

主体性が無化される

柄谷　ええ、そうだと思う。ヘーゲルの場合、主語・述語ということでいうと、主語に重点があるんですよ。述語が全部主語に含まれる、そういう主語を考えていると思うんです。それは「精神」と呼ばれるけれども、それは個物のことですね。類としての個です。つまり、彼はべつに個を否定したわけじゃなくて、個の中にすべての述語が含まれてしまうような主語を考えたわけです。ライプニッツのモナドもそうだけれども。

西田の場合は、逆に述語主義ですね。絶対に主語にならないような述語、それをつき詰めていくと場所になる。ありとあらゆるものが場所に生じるし、場所が生み出す。場所自体は無である。そういうふうに、ヘーゲルとは裏返しになってると思うんです。主語から出発すると、ある種の時間なり行動なりが出てくるんだけれども、述語のほうは自然にわいてくるという感じがして……。

浅田　いいかえると、無時間的であり、したがって永遠であるということですね。

柄谷　そうですね。コジェーヴのヘーゲルの読み方はものすごく偏ってるとぼくは思うんだけれども、とにかく彼の考えでは、ヘーゲルは「自然」に対する「文化」の次元を確保しようとしたことになる。

浅田　最も西欧的な読み方なんですよね。

柄谷　西田の場合は逆で、文化を自然《じねん》の中にとりこもうとしているというのかな。個体性とか主体性を無化してしまう。たとえば、歴史を元号で考えるとき、ぼくらは天皇の生命＝自然に依拠しているわけです。こちら側が主体的に築いたという実感を持てないでしょう。天皇制が良くない理由は、いろいろあるとしても、根本のところで「文化」としての自立性・主体性を持てないというところにあるんじゃないか、とぼくは思ってるんです。三島由紀夫のいう「文化防衛」なんて文化じゃない。集団としてはすぐれていても、どうもみんな個々人として弱いんです、天皇制の中に生きている者は。

浅田　どうもしかし、こうして話していると、一方に天皇制があるがゆえに、他方でこちらが、初期の江藤淳がそうであったように、近代的構築主義になってしまうんですね。ただ、それはやらざるをえないことで、愚直に反復すべきだと思うんです。だいたいぼくは完全に戦争責任追及論だし……。

柄谷　ぼくはほとんど一七、八世紀の考えで、共和主義を唱えているんですけどね(笑)。

浅田　恐ろしいのは、初期にそうであった江藤淳のような人さえ、知らぬ間に天皇制的なものに馴致されていく、その自然力のようなものですよね。

柄谷　それは先に言った年齢とも関係があって、年齢にふさわしく変わっていくというか、恩讐の彼方にとけこんでしまう。それもやっぱり「文化」ではないと思うんです。だって、そうなると思想なのか生理なのか、わからないじゃないですか。

浅田　生理でしょうかね。京都学派には明らかに、西欧の死んだ人為の論理に対する東洋の生きた自然の論理という意識があったと思うんです。これは結局、生物学になる。ついでにいえば、天皇は生物学者だし、飴屋法水がいとうせいこうとの対談(『WAVE』一九号)で言ってたんだけど、ヒドラ、つまりクラゲのたぐいが専門でしょう。クラゲって

「水母」って書くぐらいだから、きわめて流動的で母性的なもので、それでもってフワッと包んじゃうんですね。

西田幾多郎の御進講でも、生物学者であられる陛下はよくご存知でしょうが、といくわけです。森というのは、まず森全体があるわけでもないし、個々の木や下草がバラバラにあるわけでもなくて、その間の生態学的な連関の総体こそが森にほかならない。同じように、「大東亜共栄圏」の思想というのも、一国家が世界を上から統一するというのでもないし、もちろん各国がバラバラに散乱するわけでもなくて、それらの間の生態学的・家族的な連関の総体を、たまたまその中で年長者格であるところの日本が、やわらかく調和的に包んでやればそれでいいのだと、こういう思想になるわけですね。これは御進講自体の内容とは少し違いますけれど。

天皇の〝文学批判〟

柄谷　天皇の戦後にした発言の中で、憶えていることが一つある。記者会見で、戦争責任についてどう思うかと問われて「そういう文学的のことには通じていない」という意味のことを言ったというんですね。こちらも文学をやっていますので、すごく皮肉を言われたような気がした。責任とかそういった問題は主体の問題ですから、「文化」の問題でしょう。そういうものが幻想だということになると、生物学になりますね。

事実、日本の言説は、ほとんど生物学的、つまりシステム論的ではないかと思う。今日それがとくに目立ちはじめた。文学もいわば生物学的ですよ。文学者の戦争責任というのを戦後にやったけれども、しかし実は責任そのものが文学であった、ということになるんだから（笑）。

浅田　たしか、責任なんていうのは「言葉の綾」だと言うわけでしょう。つまり、主語の論理だと、主体としての責任が生ずるのに対し、述語の論理だと、なるようになったとしか言いようがないわけですよね。もちろん開戦の詔勅等には、はっきりと主語として登場しているわけだから、法的には絶対に責任を逃れられない。しかし、それをも法的・文学的なフィクションだと言いきるだけの、生物学的な捉えどころのなさがあるわけですよ。

柄谷　いまの京都学派みたいなものにしたって、基本的には今西錦司じゃないかと思うんです。変わるべくして変わったというような進化論。梅棹忠夫の「文明の生態史観」もそうだし、エコロジストの発想でしょう。ライプニッツふうのものと結びついたり西田と結びついたり、ホロニックスと結びついたりしますけど、基本は生態学なんです。

浅田　簡単にいうと、全体と個はだめで、中間の種がいいんだ、と。全体と個というのは、いいかえると国家と個人ですが、種は対とか家族、つまりは性的・生物学的な再生産の場所ですね。それは日本の思想の中で伝統的に必ずプラスとされるわけです。全体と個がいかなる矛盾と葛藤を演じようとも、その中間の種に戻れば、生の論理（非論理？）によってそういうものはすべてなしくずしに解消されるはずだ、ということになっている。今西錦司の「種社会の論理」にしたって、ある意味では田辺元の「種の論理」にしたって、そうだったと思うし、それはもちろん現在の「新京都学派」にも継承されている。それどころか、吉本隆明の「対幻想論」だって、結局はそういう場所に回収されてしまうんですね。

柄谷　戦後の日本に、隠蔽ということはなかったんじゃないかと思うんです。江藤淳なんかは盛んに占領軍による隠蔽とか言うんだけれども、どうも隠蔽するほどの「文化」や「主体」はないんじゃないか。それほどの人工性というか人為性というものは。

たとえばフランスでも、戦時中に実際はかなりナチズムに加担していたわけです。汎ヨーロッパ主義という大義名分もあったしね。戦後は、そのことをみんなで忘れようとした。それでレジスタンスの神話をつくった。また、その後にハイデガーとかドイツ哲学が圧倒的に輸入されたけれども、それが戦争中にナチに協力したことを暗黙に肯定しようとする動機と結びついているということがありました。この隠蔽は、フーコーがいうような「近代」の隠蔽というのとは別のものです。それは、そういう「近代」批判そのものが隠蔽しているもの、つまり戦中・戦前の経験の隠蔽なのですから。しかし、それには触れたがらないんですね。そして、汎ヨーロッパ主義が強化されている。

日本では、こういう洗練された隠蔽はないと思う。ハイデガーに較べると、西田の戦争加担というのには主体性はないですよ。〝述語的〟にやってるような感じがある。だからといって、何か新しい原理が日本で提起されていたというような読み方は間違ってると思うんです。

浅田　それはやっぱり主語的責任と述語的無責任の違いでしょう。何となく巻きこまれていたということになって、ヘタをすると被害者意識さえ持ってしまう。

哲学でも、陸軍系の皇道哲学なんかは、あまりにも露骨に全体主義を唱えていたがゆえに、露骨に自己批判せざるをえなかった。ところが、海軍にサポートされていた京都学派の場合は、全体主義と個人主義の絶対矛盾的自己同一を唱えることで大正リベラリズムの一角をかろうじて守ろうとしていたのだ、などという自己正当化が成り立ってしまい、端的にいって「あれは陸軍が悪かったのだ」といって、反省しないまま過ぎてきたんですね。それで最近になって、海軍出身の中曾根康弘と「新京都学派」が結びつき、国際化時代の日本文化を云々したりするわけです。

あるいはまた、フェミニズムが戦争協力をする、仏教が戦争協力をする。そういうのは一見受動的なので、気づかれずにすんじゃうわけですよね、本人にとってすら。そのかさぶたをあえて剝がすことを、ほとんどしなかったんだと思う。

うやむやにされた転向

柄谷　遠藤周作が『沈黙』だとかを書いてきたときに、ぼくは、マルクス主義者の転向問題と重なっているのかなと思って読んだんだけれども、じつは戦争中の日本のキリスト教徒の転向問題なんですよね。日本のキリスト教徒は巧妙に転向したんですよ。戦後、その問題を全然やってない。全共闘のころに神学系の大学でいくらかあったんだけれども、全面的な追及にはならなかったと思います。

　むしろ、遠藤周作がやったのは吉本隆明がやったのとよく似てまして、転向するみじめさ・卑小さのほうに真の信仰への契機があるとか、より神に近くなるとかいう論理です。転向そのものを救済に変えてしまう、そういう転向論を完成したんじゃないかな。しかし、それは日本のカトリックの思想にすぎないと思うんですよ。カトリックの現状を見ますと、「解放の神学」みたいなもので徹底的にやってますからね。日本のカトリックの『沈黙』的な自己正当化なんていうのは、世界性を持ってないと思う。

浅田　普遍《カトリック》的ではないんですよね。

柄谷　だから天皇制と何も矛盾しないんです、あの人たちは。矛盾そのものをのり越えてしまう論理をつくったのだから。芥川は、「神神の微笑」のなかで、日本を底なしの沼にたとえていますけど、西田のいう「場所」もそういうものです。ところが、そういう沼の中にこそ、普遍性の契機があるというわけです。やはり、西田哲学に近くなるんです。

浅田　責任というものをいかに解消するかということだけを考えてきたわけでしょう。いろいろな転向論があったけれども、結局は、吉本隆明的な転向の相対化、非転向すらも転向の一形態であるという、あのたんなる一回ひねりの論理で、何となくうやむやになっているわけですね。そこには隠蔽はなくて、たんに事実の是認と居直りがあるだけだと思います。

柄谷　そうですね。小林秀雄が昭和一〇年ぐらいに『私小説論』というのを書いて、マルクス主義は理論がどうのこうのというよりも、日本人に初めて——小林はそういう言い方はしなかったけれども——いわば絶対的な神のような、宗教が持っている以上の絶対的なものを突きつけた、という意味のことを言っている。そのときに初めて転向ということが意味を持つわけです。キリスト教の場合、明治のキリスト教は転向の問題を与えていない。正宗白鳥みたいにこだわった人はいますけど、それはマルクス主義のようには作用してません。

本当に転向問題をもたらしたのはマルクス主義で、それは本質的に西洋的なものだったからです。マルクス主義を、これもいいではないか、あれもいいではないかと緩和していきますと、確かに「人間の顔」はしてくるかもしれないけれども、反日本的なものは全部失われ、何もかも許されてしまう。したがって、転向問題も存在しないということに結果的になったと思うんです。それが隠蔽といえば隠蔽なんだけれども。

浅田　花田清輝なんかは、反日本的であろうとして、これみよがしにドグマティックになる。それには一定の意味があると思うんです。

柄谷　渡辺一民の『林達夫とその時代』という本を読んだんですけど、彼は、戦前の林達夫はものすごく教条的なマルクス主義者だというんです。それに対して三木清はパスカルとか、いわば「人間の顔」をしたところから始めてマルクス主義に入っていったからすぐれている、と。そして林達夫は書斎で過激で教条的なことを言っている、とネガティヴに評価してるんですよ。ぼくは、それは全然逆だと思う。そんなことは林達夫はわかってたと思うんです。三木清みたいな人間学がイヤだったんだと思う。教条的にやるほかない、この状態では、と思ったんでしょう。

浅田　戦後『共産主義的人間』を書く林達夫があえてそういうふうにドグマティックにやっていたわけですね。

柄谷　そうだと思います。あとで反省したんじゃなくてね。

浅田　反省なんかするタマじゃないですよ、絶対。

述語としての大衆

柄谷　花田清輝もそうです。徹底的に嫌味なんです、それは。しかし、一ひねりではなく、二ひねりするとそうなるんです。本当をいえば、三ひねりぐらいになっているわけです。二回ひねった人はウルトラCぐらいだと思ってるでしょう。しかし、体操でも今はもうウルトラDの時代だから、そんなものでは山下跳びという感じで通用しない（笑）。もう一回ひねると教条主義者になるよ、当然。

浅田　林とか花田のドグマティズムというのはそういうふうに理解し得るし、またすべきだと思うんです。歴史的にもそうなので、あるていど国際的な知的水準をふまえているでしょう、あの年代は。次の年代は完全に閉ざされたところから出発しているから、一回ひねりでもしたら一大快挙という感じで、先へ行かないんですよね。愚鈍を装う秀才を装う愚鈍というところで終ってしまう。本当に気の毒だとは思うけれど。

柄谷　これは絓秀実が書いていることだけれども、たとえば中村光夫は一般的には、西欧をモデルにして日本を斬ったとかいわれているけれども、そうではない。彼が西欧と言ったときは、もう一回ひねって逆説的に教条的な西欧主義をとっているのではないかと思います。彼はヨーロッパへ行ってるでしょう、戦前に。だから、西欧崇拝とか、そんなことじゃないと思う。ああいう種類の西欧主義というのは、もうヤケクソみたいなところがあるんじゃないかな。ふつうの近代主義者とはまるで異質だと思うんです。中村光夫を批判するのはいいし、ぼくも批判してきたけれども、そういうことを忘れてはならないのではないかと思うんです。

浅田　そうですね。しかし、実際に比較的広く受け入れられたやり方は、マルクス主義ならマルクス主義に「人間の顔」を与えることでしょう。そのために疎外論をもちだして、大衆からの疎外、裏を返せば、大衆的共同性の再獲得ということをもってくる。やっぱり、吉本隆明でも鶴見俊輔でも、大衆を救い大衆に救われようとしたのが大間違いだったのではないかという気がして。エリート知識人への批判はいいけれども、それが大衆の事実上の肯定ということになったとたんに、責任回避へのとめどもない穴が開いちゃったんだと思うんです。あれは、いとも簡単な一回ひねりの思想ですからね。まず、無知の知。大衆は無知だけれども、自分が無知だということを知っている分だけ、知ったかぶりの自称エリート知識人よりはましだ、と。

次に、親鸞の「善人なおもて往生をとぐ、いわんや悪人をや」という逆説。非転向でことさらに威張っている左翼エリートよりも、じっと黙って生活をかけながら右往左往した大衆のほうにむしろ倫理がある、と。もう一つつけ加えるならば、西洋かぶれのエリート文化よりも大衆文化あるいは限界芸術《マージナル・アート》のほうに関心を持つ、という態度ですよね。

柄谷　それは広い意味では西田派に入るのではないか。つまり、述語としての大衆でしょう。いいかえれば、述語としての無（無知）に行き着くことが課題である、ということになる。

浅田　もちろん、その段階ではそこまではっきりしていないけれども。

柄谷　論理的に詰めるとそうなると思う。たとえば、西田が基本的に影響を受けたというか同調してたのは、ベルクソンよりもアメリカのウィリアム・ジェームスでしょう。プラグマティズムです。そうすると、鶴見俊輔は、それをアメリカの文脈でのプラグマティズムでやりなおしたわけでしょう。だから、西田の論理の中に入ってしまうのは当然じゃないか。ただ、アメリカの、大衆に任せておけばいいというような種類の考えと、日本のはちょっと違いますから。

浅田　アメリカでは、大衆といったってきわめて社会的なフィクションですからね。ただ、今でこそ否定的に言いますけれども、戦後の「日本アパッチ族」的なヤケクソのエネルギーを持っていた大衆に関して、しかも一方における共産党の存在のもとで、あえて大衆を基底としてくりこむということが、まったく意味がなかったとは思わないんですよ。だけど現在は、大衆と称するものの九〇パーセントが自分は中産階級だと思っているわけで、そんな「中流大衆」の閉じて弛緩しきったお座敷芸文化みたいなものをいかに肯定したところで、相手を増長させるだけのことで、アイロニーもまるでできかないわけです。

にもかかわらず、竹田青嗣や加藤典洋にいたるまで、依然としてそういう一回ひねりのロジックが続いている。西部邁なんかでも、大衆＝無知、大衆批判者＝無知の知というふうに定義が違うだけで、論理のパターンはまったく同じだし、事実、あの「大衆批判」ほど大衆的な言説はありませんから。

しかしまあ、こういう議論がはびこるのも、理解はできますけどね。ニーチェのいう弱者のルサンチマンの論理の典型でしょう。弱者は強者を見るとすり寄っていって、「たしかにおれは弱い。だけど、強がっているおまえも実は弱いんだろう」と言って、弱みを見せあうことで、恥の共有による連帯にひきずりこもうとする。そういう弱みにおける連帯こそが、日本大衆のお座敷芸文化の核心ですからね。それはもちろん根強いに決まってますよ。

ぼくは非転向の人は偉いと思うな、単純に。いかに現実から離反していようが。観念なんかどうでもいいのであって、要するに拷問と死ということがあるわけだから、その中で非転向を貫くというのは、単純にいって大変なことですよ。馬鹿の一徹とはいえ、どうしてとりあえずそれで威張っちゃいけないのか。

柄谷　ヘーゲルでいえば主人です。死の恐怖を超えてるんだから。むろん「主人」は基本的にアホですが(笑)。しかし、「奴隷」が賢いのは奴隷だからであって、そのことを知っておくべきだと思う。そのことを忘れて主人のような顔をした奴隷こそ、本当の奴隷根性だと思う。のみならず、戦争中に非転向の連中がいたということは、国際的にはすごく評価されることだと思うんです。ぼくは今でも赤軍派についてそういうふうに思っているんです。つまり、赤軍派が世界的に報道されるときに、日本の恥を撒き散らしてると思わない。むしろ、これで日本人は救われてると思う。日本人は集団的で一色だと思われているでしょう。だけどあんなのがいるじゃないか、と。ぼくは別に赤軍派を支持しないが、日本人はだいぶあれで助かってる、そういう感じがしますよ。

「黙って事変に処した大衆」というフィクション

浅田　一応、世界性を持っちゃいますからね。他方、大衆のほうはというと、「黙って事変に処した」というのがまったくの幻想なので、本当は不平タラタラだったわけでしょう。それで敗戦後、一夜明けたら一瞬にして「日本アパッチ族」というのが実は大衆の一番いいところなので、それもまた「日本的」ではないんですよね。アジアだってどこだってそうなんだから。そういう散文的な現実を見ないで、「黙って事変に処した」という一種のフィクションの中に囲いこんじゃうでしょう。

柄谷　美しくもないけど、一種の美文ですよね。これを最もやっつけたのは坂口安吾です。

浅田　安吾は本当の唯物論だし、不平タラタラのほうですからね。だいたい大阪商人などというのは、戦時中からメチャクチャ言ってたわけです。小林秀雄が中国の戦地を見に行ったときに、大阪のポンプ屋のおっさんというのが一緒に船に乗ってて「このドサクサを利用せんとあきまへん」とか言うんです（笑）。これは正しい大衆なんですよね。この連中は平気で中国まで行って商売をするし、必要があれば裏切りますよ。それは健全な大衆の姿だと思う。小林も面白いと思ったんでしょう、書いてるところを見ると。

だけど彼の中で、だんだんその種の根無し草の不健康に対する嫌悪が比重を増していき、それに反比例して、じっと忍耐し黙って死んでゆく「まっとう」な大衆に対する思いというのが、死んだ子を思う母というパラダイムに従って、すごくセンチメンタルに美化されて出てくるでしょう。そこで決定的な内部化が生じたと思うんです。戦後の大衆論も、ほとんどはその延長上にある。

柄谷　インテリは、いま自分のことをインテリだと言わない。その種のポーズはやめたほうがいいと思うんだ。全員そうなんだから意味がない。ぼくは徹底的に知識人になろうと思っている。

浅田　知識至上主義（笑）。

柄谷　知識至上主義でやろうと思ってるんです。知識人を否定する格好をする知識人というのは、「いや、あなた、それが日本の知識人の典型なんですよ」と言えば終りです。たんに見苦しいだけですよ。自意識が欠けている。そうなると、自分の言語のレベルでは勝負しなくて、すぐその「外」を讃えることで自分の立場を回復しようとするレトリックになってくるんですね。「大衆」とか「実務家」を讃えることで、文学や哲学の連中に対する批判をやるのは、もうあきあきするんだ、そういう凡庸なレトリックは。ハスに構えたって、みんなハスなんだから、まっすぐ構えたほうがハスじゃないですか。

浅田　結局、左翼には良くも悪くも国際性があったし、ドサクサにまぎれて儲けてやろうと思ってる大衆にも国際性があったといえばあった。ある意味ではみんなそういうふうに、外気にさらされて普通に生きているわけです。ただ、その中間のところに、知識人が知識人性を否定したいがゆえに「黙って事変に処した日本国民」というフィクションを捏造して、それですべてを包みこんじゃうわけですね。不幸なことに、その戦略が実際にうまくいってしまった。

それにしても、いまや一方では分衆化とか小衆化とか知衆化とか言ってるぐらいだから、大衆がみんなスノッブになり、ニセ知識人になってるわけで、そんなところで自己否定する知識人というのは、たんなるバカでしょう。

柄谷　いま天皇制に対して、自分は共和主義だから反対するとか言ったら、たぶん人は笑うでしょう。天皇制はそんな浅いものではないとか、もっと深いんだとか言って。イヤになってくるんだ、そういう議論は。

浅田　それは文字どおり幻想にもとづくイマジナリーな議論ですからね。共和主義というのはすごいな、しかし（笑）。

柄谷　もう一度基本的な地点で考えてみればいいのではないかと思うんですよ。たとえば一七世紀の人間は、二〇世紀の共産主義だとか何とかの争いよりも、もっと徹底的に妥協の余地なく争っていたわけでしょう、宗教の世界ですから。宗派が違うと悪魔だし、地獄に行くことになってるわけですからね。ああいうときに、ホッブスにしてもスピノザにしてもライプニッツにしても、何とか考えたわけでしょうね。あれを合理主義というけど、ものすごい非合理の中にいるわけだし、合理主義者も非合理的な情熱なしにやれなかった。近代合理主義批判なんて、ちゃんちゃらおかしい。

「一九六八年の思想」

浅田 それと、あれは世界大戦後の思想ですからね、最初に言われたように。だから、第二次大戦後の思想としたって意味があるわけです。むろんグリュックスマンのように、そこから『デカルト、それはフランス』というところに逆行してしまっては話にならないので、あくまでも、共同体から引きはがされたアムステルダムの単独者デカルトというところにとどまる必要があるわけですが。

さっきのアナロジーに戻っていうと、フランス大革命からナポレオン戦争までの疾風怒濤の時代に、フランスでは近代化が始まり、それと同時に、社会がアトム化して共同性が喪失されていくことへのロマンティックな反動が起こる。ドイツなどの場合は、あまりにも遅れているために鋭利なイロニーの意識がありますけれども、フランスなどでは比較的ナイーヴなロマン主義が出てきて、疎外からの回復という物語を語るんですね。一八四八年の革命というのが基本的にそれなんです。フランス大革命が世俗化の革命だとすると、一八四八年革命はある意味で宗教性が強い。キリスト教とのアナロジーで、失われた共同性を回復しようとする。そこに、農本主義とか職人の連帯とか、全部入ってくるわけですけれども。

その四八年革命が挫折し、ナポレオン三世のそれこそナポレオンを茶番として反復したクーデタによって完全に息の根を止められるでしょう。そこで『紋切型辞典』の時代が始まる。ロマン主義の物語はすべて取るに足らない紋切型になり、紋切型としてまことしやかに反復されるようになる。閉塞した、しかし安定した状況の中での、ある意味でポストモダンな文化ですね。しかしまたそれこそが固有の意味におけるモダニズムの運動の前提ともなるわけです。

日本では、敗戦後の近代主義に対し、反近代主義が出てきて、それが六〇年代末の全共闘につながるでしょう。あれがいわば四八年革命だと思うんです。いいかえれば、一九六八年ぐらいで、単純な近代主義と反近代主義はともに消滅したはずなんですね、理論的には。「六八年の思想」という言葉があって、西欧の場合はいわゆるポスト構造主義がそれにあたるわけだけれど、日本でいうと柄谷さんの「マクベス論」なんかがそれだと思うんです。それ以前の近代主義も反近代主義も実際はイマジナリーなものだった。主体と世界との鏡像《イマジナリー》的な照応関係という意味での「イデオロギー」（アルチュセール）だったと言ってもいい。そういう鏡みたいなものが全部割れちゃって、シンボリックでもイマジナリーでもないリアルなものが露呈された。それが「マクベス論」の認識でしょう。

柄谷　うん。ぼくは、リオタールとか何とかいっても何も新しく感じない、気分としても新しくない。「マクベス」の最後というのは、意味はなくても眼の前に俺を殺そうとしてるやつがいるかぎりは闘う、というようなものでしょう。

浅田　リアルなんですよね。

柄谷　そういう感じでここ十何年やってきたわけです。だから、マルクスを読むにせよ何にせよ、そこからしか読んでませんから、マルクス主義の物語は終ったとかいわれても、そんなものはぼくにはないんだから、何とも思わないわけです。もともと、そういうことは考えてないから。

浅田　もう少し詳しくみると、それ以前に近代的な主体の確立という物語がある。それに対して、ある意味で反近代主義的といえるような、疎外論的な共同性の回復の物語があるわけでしょう。六〇年代の思想というのは、最終的にはそこに集約されちゃったと思うんです。

たとえば吉本隆明と山口昌男を並べると、共同幻想論と日本王権の神話‐演劇的構造論で、細部はずいぶん違うけれども、深層の共同的なフォルムの探求という点では同じでしょう。さらにいうと、三島由紀夫の文化防衛論だって、それと共通点がないわけではない――実際に「祝祭的」な「活性化」をやってみせたわけだし(笑)。それは前後関係ではなく論理的関係でいえば六八年を用意した思想だけれども、逆に言うとそこで完全に終るはずのものだと思うんです、一八四八年にロマン主義の物語が終ったように。「六八年の思想」というのは、それ以後のものなんですね。

「天皇制でいいじゃないか」

柄谷 そうですね。山口さんが天皇論を書いたころから、歴史学者や国文学者にもそういう発想が浸透してきた。それはもともと天皇制解体の動機を持ってやってたと思うんです。しかしそれで古代に行き、中世に行き、結果的にどういうことが出てくるかというと、天皇制は逆説的に必要だということになる。

これは、システム論というものの本性から来るんだと思うんです。システムを維持することなのですから、システム論というのは。だから、レヴィ゠ストロースにしても、保守的なのは決まってるんですね。どんなにシステム論とか構造論がラディカルに見えても、結論として何が出てくるかというと、それが必要だということにしかならない。

浅田 必要かどうかは別として、少なくともうまく機能しているということですよね。

柄谷 そうですね。そうすると、天皇制でいいじゃないかということになります。被差別民がいるとか、無縁苦界の人がいるとかいっても、それ自体が天皇制の大きな構造の中にあるんですから、外部じゃないんです。外部も含めたのが構造ですから、その中に閉じこめられてしまうと思うんです。だから、六〇年代の観点から民衆のレヴェルで天皇制を見ていこうというような発想で始めた人たちは、なんで天皇制で悪いのかという結論にしかなりません。ぼくは、その種の発想がいやなんですね、はっきり言って。答えがわかってるからです。

浅田　ある意味でいうと、天皇制の裾野あるいは基層を広げて見せることにしかならない。外部というのは、その場合、深層といっても同じことになっちゃってるから、それは弥生的農耕民なのか縄文的狩猟採集民なのか、常民なのか山人なのか、あるいは本土の人かアイヌや沖縄の人かというようなもので、どこまでもラッキョウの皮むきを続けられるとはいえ、グラウンド（地）をより広くより深く見せてるだけで、最終的には、フィギュア（図）をうまく保持することにしかならないわけです。

転向も日本社会の総体をつかみそこねたから生ずるのだと言って、どんどん基層へと降りていくのだけれども、そこでまたしても広義の天皇制の論理に絡めとられてしまう。結局、どこかに基層＝根拠を求めるというのはダメなんですよね。

柄谷　システム論の発想というのは、疾風怒濤の後の構造的な時代、二〇世紀では戦後の安定期の特徴だと思うんです。個人とか、主体がさほど意味を持ちえない、構造しか働いていない、あるいは、言語的構造しか生きてないような時代です。

しかし、それが根源的な考え方だとは思わない。たとえば坂口安吾を例にとると、天皇についてすごく明快なことを言っています。これまで支配者が天皇をつぶすことはいくらでもできた。しかし、それをやらないほうが得だと判断したからそのつど残ってきただけだ、と。ぼくはそのとおりだと思うんです。アメリカ軍もそうしたんですよ。占領支配するのに天皇をつぶさないほうが得だと思ったわけでしょう。ソ連のこともあったし、それで残っただけじゃないですか。天皇制は日本人の知恵といえば知恵かもしれないけれども、結局は支配者が選んできたことですね。民衆が選んできたんじゃないです。関係ないんだから、民衆には。

浅田　ただ、無縁論のたぐいでパラドキシカルだと思うのは、被差別民等の無縁の人は、たとえば自分の出自を天皇に求めるとかして、天皇を恋慕うにもかかわらず、天皇のほうは実はそんなこと知ったことじゃない、ということですよ。その非対称性自体が、この構造を存続させていると思います。

柄谷　それから安吾が言ってるのは、民衆は今しか考えないからすぐ忘れるというんです。支配者がどういう所からどのようにして出てこようと、二代めになればケロッと忘れてしまう。それは、ああいう流動期に生きた人たちの感覚だと思う。爆撃の中で日本人はみんな陰惨な顔をして無言でいたかというと、そうじゃない。みんなすぐ慣れて笑ってやっている、というんですね。

天皇制が廃止されたって、民衆は何も関係ないですよ。だから、天皇の起源とか民衆とのかかわりというものをすごく重視して、そこを解明すれば解体できるという発想はおかしいと思う。ぼくの考えでは、王制を倒すのはいわば外国なんです。その国の人間が倒すなんてないですよ。

浅田　場合によってはありえますけどね。

柄谷　純粋に内部的にはないんじゃないか。ヨーロッパの場合は、むしろ王が外国系とか外国とつながっていましたからね。

浅田　一国の場合の戦略は、国外にいわゆる策源地を持って、それと連動して国内革命をやるというやつでしょう。

柄谷　戦争に負けたときに、ドイツでもロシアでも退位した。だから外国との関係でありうるだけでしょう。国内だけの要因を見て、そこから天皇を倒す力を見出すなんておかしいと思う。明治以降に唯一、天皇制が廃止される可能性があったとしたら、それはアメリカ軍によってでしょう。

浅田　それはそのとおりですね。

柄谷　しかし、アメリカ軍はそうしなかった。ソ連との対立があったからでしょうね。真っ正直にやってくれればはっきりしたんだけれども。しかし、あの時期、日本人は共産党もふくめて、マッカーサーを天皇の代わりにした。外からきた支配者＝解放者として。

浅田　アーティストやサイエンティストがときどきしみじみ言うのは、なんであのとき日本をハワイの次の州にしてくれなかったのか、ということなんですね。併合してくれていれば、どんなに仕事がしやすかったか（笑）。それは極論としても、天皇制が残ったのはまったく歴史的な偶然だと思いますね。

柄谷　だから、本当はどう転がるかわからないようなものなのに、それが安定してくるとそれなりの必然化が始まるのと同じように、解体の困難の正当化も始まるわけです。そんなに難しいことじゃないと思います、実際は。だから、天皇制解体を第一目標にするのもつまらない。それの困難をめぐって深く人類学的に解明していくこともつまらない。

機能で考えると天皇は有効ではなかろうかとか、システムで考えるとそうなってしまうけれども、ものを考えるというレヴェルでは、ラディカルなほうがいいと思う。ホッブスが言った、個人と個人が戦闘状態にあるとかいうモデルも実感があったわけでしょう。原理的に考えたときに、そこまで考えてないならばダメなのではないかと思います。あれはゲーム理論の公理みたいなものとは違うんですよ。個人が互いに狼であるとかいうのは、ある種の現実だったと思うんです。坂口安吾だって、そういうところから言っている。安吾が堕落というのはハイデガーのとは逆で、本来的になることを堕落と呼んでるわけです。

浅田　日常の散文的なリアリティを見るということでしょう。

構造の時代に生きる退屈さ

柄谷　しかも非日常と日常に区別がない。非日常が日常みたいな状態でものを考えてみましょう、ということでしょう。ところが、いまの構造論では、非日常というのはどこか別にあるんですよ。祭式とか祝祭とか。それが周期的にくり返されるとかね。しかし、ラディカルに考えるならば、日常も非日常もないような現実性において考えるべきでしょう。すくなくとも、そういうシステムとして有効かどうか、というのではないところで考えるべきです。

浅田　簡単にいって懐疑ということですよね。懐疑してみれば、あんなものはバカみたいなものですよ。

柄谷　構造論的な時代に生きてるということは、退屈なことですよ。キルケゴールがそれを水平化の時代と言っていますけど、彼もロマンティックなんですね。情熱の不在を嘆いている。そういう時代に生きていることは耐えがたいということを、一九世紀の中ごろに言ってるわけです。これからもまだ四、五十年はたぶんそうかもしれないと思うんだけどね。

浅田　なかなか終らないんですよね、これは。

柄谷　ポストモダンということで一つの結論を出すのは早いと思うんです。歴史は終ったとか。終ったような気がする構造があるんだと思う。

浅田　しかし、退屈な構造の時代になったからこそ、この退屈というのが一般的な条件である、ということがわかるわけですよね。波瀾万丈のイマジナリーな物語ではなくて、この退屈な構造の中での反復に耐えるしかないというリアルな認識が出てくる。それが実はポストモダンということでしょう。

柄谷　このまえ送ってきた『サウス・アトランティック・クォータリー』の日本特集の序文を読んだら、日本の経済的な優位ということに関して述べたあとで、その一方、日本のインテレクチュアルは惨めなほど無力であるとか書いてある。そして、ぼくたちのことにも言及している。もっともアメリカだってそうだったんですけどね。アメリカが経済的に拡大していくとき、インテレクチュアルは、視えないぐらいに無力だったと思うんですよ。

七〇年代以降の日本のインテリの無力というのは、この経済成長に何ら関与しないというところにあるわけですね。そして、大概のものがそこで実現されてしまった。何だかだいっても、日本はうまく行っているじゃないかと言われれば、どうしようもない。だから、ぼくとか浅田君とかいうことではなくて、一般的に知識人は惨めな状況にあるのではないかと思うんです。その惨めさを自覚していない。

浅田　逆にいうと、知識人というのはもともとそういうものなので、そういうものとして、まじめにものを書いてればいいのだと思うんです。

柄谷　そうです。

浅田　上から大衆を指導できるというのはもちろん大間違いなんだけれども、大衆の一員として「なんとなく、わかるでしょ」なんて言ったって、大衆はそんなもの読んでくれませんからね。たかが知識人なんだから、誰ひとり読んでくれるはずがないという前提の上で、またそれだからこそ、できるかぎり気どらず明快に書いていけばいいではないか。

柄谷　ぼくは、だから無力でいいのだと思います。それが文化だと思う。経済なんか知るか、とやるべきですよ、文化は（笑）。

浅田　フランスみたいな知識人優位の国ですら、フーコー以後はそのことがわかったんだと思うんです。サルトルみたいな指導的知識人の時代は終ったけれど、ヌーヴォー・フィロゾーフみたいに、それを戯画化したメディア芸人になっても仕方がない。とりあえず個々の持場でまじめにやろうということなんですよね。それはしかし、いかなる後退をも意味しない。

柄谷　ただもうちょっと悪意があってもいいでしょう。一九世紀の芸術至上主義なんて、あれはロマン派の残党がブルジョワ社会で生きていくときにとったやり方です。居直りなんだけれども、芸術家なんて完全に無視されているときに、逆に芸術至上主義なんていってるわけでしょう。いまインテリはそういう状況にいると思うんです。べつに知識至上主義とはいわないけどね。いや、いわれてるんです、柄谷は「知識至上主義者」だとか。それがなんで悪いんだと思うけど（笑）。

浅田　共和主義と知識至上主義なんて、すごいことになってきた（笑）。まあ、ぼくだってコミュナリズムとは違うコミュニズム——ネグリ＝ガタリのいうスピノザ的コミュニズムを一貫して唱えてきたわけだけど。とにかく天皇制の議論だって、散文的な唯物論でいかないとね、幻想論ではダメですよ。

「稲と血」では決まらない

柄谷　笠井潔が天皇制についてこういうことを書いています（『季刊思潮』創刊号）。天皇の象徴的な基本というのは稲と血であるといわれる。ところが、稲というか米に関していうと、自由化が進められている。血に関していうと、外国人の労働者の受け入れが進められている。そうすると、天皇制の二つの基盤が損なわれるであろうと。それで、じゃ天皇制は滅びるかというと、そういうことはないということを笠井潔は言っているわけです。ぼくはそれに同感なんです。天皇制は稲や血と関係がなくても少しもかまわないのですから。あまり天皇制の歴史的起源論や、あるいは構造論をやっていくと、天皇制の意味づけがたえず変更されていく、その変化がわからなくなるのではないか、と思うんです。明治政府は天皇をドイツ皇帝のように意味づけようとした。また、西田幾多郎は、天皇制を神道あるいは日本主義なんかとは逆に、無の場所として、いわばすべてを包む風呂敷としてアジア全域の基底にあるものとして意味づけた。西田は日本主義者から襲撃されましたけどね。そういうふうに、意味づけ自体はどんどん変わっていくと思うんです。だから天皇の儀礼みたいなことをいくら言っても、もう関係ないんじゃないかと思う。

浅田　それは王権論であって天皇制論ではない。古代王権の構造としてそういうことを言うんだったらまだいいですけど、少なくとも中世以後は、さまざまな国内・国際関係の中で天皇制の機能は変わってきているわけで、稲と血などというシンボリズムはもはや重要ではないんですよね。

柄谷　日本が経済的に今までは一方的に外に出ていたけれども、国際化の中でこちらが門を開けなければならない、という当然のことが要求されているわけでしょう。六〇年代は農耕民としてのアイデンティティの喪失とかが問題になったけれども、今はそんなレヴェルではないと思う。東京なんか道を歩いていると外国人はうようよいますし、アジアから労働者がどんどん来ているでしょう。そういう種類の開かれ方が、いわゆるアイデンティティにどう関係していくかということですよね。

そういう意味では、昭和天皇というのはかなり都合の悪いものだったという気がするんです。過去を引きずってますから。だから新しい天皇においては、イメージを、意味づけを、たぶん変えるんじゃないかなと思うんです。過去の因縁を持っていない人ですから。

浅田　アメリカ人の家庭教師に教育された人ですからね。でも、それがまたしても具合の悪いことなので、昭和天皇の死によって過去の問題が清算されたかのようにしてイメージ・チェンジしようといったって、国内的には通用しても、国際的には通用しない。そのズレが最後までついてまわる問題なんだと思います。CNNのニュースなんかを見てると、いまだにオリエンタリズムがあるから、皇居の前で土下座してる人なんかをわざわざ映して、アナウンサーが、日本という国ではこれによってカレンダーまで変わってしまうんだ（改元）と言うわけです。外からはそう見られてるんですね、やっぱり。

柄谷　ソウル・オリンピックのボクシングで、韓国のコーチや観客が暴れたでしょう。そのこと自体はともかくとして、あれは韓国のテレビではすぐCMに切り換えたらしいんです。ところがアメリカでは一部始終をテレビで報道した。それを見た在米韓国人が「恥ずかしい」と怒って本国に電話したりしたらしいですね。韓国内部では、テレビを切ればいいと思ってたわけでしょう。そして、アメリカのテレビに抗議したりしている。それとよく似てるんです。私たちはそんなことは忘れましたと言っても、外部ではそれをいつまでも見つづけてるわけでしょう。

稀薄化による天皇制の存続

浅田　天皇制は国内的には稀薄化が進んでいて、ぼくは昭和三二年の生まれだから、これで完全に昭和の真ん中ということになりましたけど、少なくとも昭和の後半に生まれた人間にとっては、シンボリックな意味作用というのはもうほとんどない、と思うんです。

ということは、しかし逆にいうと、やや経済構造が変わって、たとえば稲と血といったものが稀薄化してみても、もともとそういうシンボリックなものに依存していない以上、平気で続くんだともいえるわけですよね。しかも、外から見た場合は、依然としてエキゾチックに誇張されてしまうということがある。やっぱりこれは始末におえないんだな。

柄谷　イギリスでは、しょっちゅう王制をやめようとかいう議論をやってるでしょう。日本ではありませんね、ほとんどタブーになってて。こんなことを公然と議論できるのが立憲君主制だと思う。そういう意味では、まだ立憲君主制になってないんじゃないかと思う。

浅田　なってませんよ、全然。

柄谷　イギリスの場合、名誉革命以降の王制というのは、王の権力を極度に限定してしまうという前提で王制を認める、ということをやってきたでしょう。つまり、王制に対する批判が可能であるがゆえに、はじめて王制が存続しうるわけです。日本ではそれが全然できてないんですから、ある意味で脆いですね。逆にイギリスの王制は、なかなかつぶれないと思うんです。いつもボロくそに言われてるんだから。王室もなかなか努力してますよ。デンマークの国王などもナチズムに対して率先して闘ったしね。宮内庁とか、そういうところでいろんな戦術を戦後もずっとやってきたと思うんですけど、いま実際に何を考えてるかよくわからないですね。

しかも、宮内庁が言ったわけでもなく、べつに誰が言ったわけでもないのに、奇妙な言論規制が出てきた。たとえば一昨年の秋以来、われわれは天皇の病名を知らされなかった。ところが、外国の新聞は書いている。外国人が知っているのに、われわれは知らない。これじゃ、「国民は黙って事変に処した」ということになるに決まってますよ（笑）。満州事変のときもそうだったんですから。

浅田　宮内庁側が意識しているかどうかはさておき、できるだけ稀薄な存在として棚上げされた形で永続化するということなんでしょうね。戦後は顔見世興行で国内を巡幸した——これは明治天皇の巡幸の反復ですけれども。それから、皇太子の結婚をオープンにしてみせた。民主制に適合した立憲的君主というイメージを前面に押し出したかったわけでしょう。

その方針は、しかし明らかに途中から変わったわけです。厚いガラス壁の向こうに退いて、たいへん稀薄な、しかしそれゆえに永続性のある存在を目指しているというか、何となくそうなってきていると思いますね。

柄谷　方針がはっきり見えないんですよね。結局のところ述語主義というか、「成り成りて」という形でやっていくんでしょう。それはやっぱりイヤですね。「これでやります」とか決めてくれればいいんですけど、何となく変えていくというんだから。

浅田　それは無理な注文ですよ。そういう無原則の本家本元が皇室なんですから。

柄谷　天皇の万世一系に対する批判として、天皇家自体が海外から来ているとか、あるいはアイヌが日本文化の源流であるとか縄文文化がそうであるとか、あるいは多数の移民によって形成されてきたんだとか、そういった議論が出されてきたわけです。しかし、そういう理論のほうが、むしろ今後の天皇制にとって有効な理論になるだろうと思う。つまり、もともと日本人は単一じゃないんだ、という考えは、今日の日本の「国際化」にとって必要だからです。

浅田　「大東亜共栄圏」の盟主としての天皇ですね。ただ、依然として天皇陵が発掘できないという事態が続いている。正倉院の朝鮮服なんかも見せたがらない。

天皇制の意味変化を問う

柄谷　あれはナンセンスだと思います。天皇制の起源が全部露わになっても、なにも関係ないと思う。イタリア人が書いたローマ史なんかでも、始祖が狼に育てられたなんて伝説があるけど、先住民族をだましてやっつけて成立したということは、はっきりわかってるわけです。どの国でも、遡ったときに美しいものはないんですよ。それでいいのだ。美しくないからといって、それが崩壊するわけでもないし。イギリスの王室なんか、起源に遡ったらひどいことになりますからね。しかし、タッソーだけじゃなく、各地の蠟人形館でそれを見せびらかしてる。だから、秘密を一所懸命守っているというのはおかしい。そうすると暴き屋が不当に意味を持つでしょう。むしろすべてを明らかにしようと皇室が率先して、暴き屋を無意味にすることをやればいいのではないか。

浅田　天皇制の側の利益からいうとね。そもそも初期は、外来者であるということが権威の根拠だったわけでしょう。

柄谷　初期どころか、明治もそうです。朝鮮併合などに際して、天皇制の概念を拡張しなければいけなかったわけです。ぼくの読んだ範囲では、北一輝が、これはあの当時発禁になったんだけれども、朝鮮併合の理論的な根拠として皇室は朝鮮から来てると言っているのです。その証拠は顔を見ればわかる、と書いてある（笑）。ムチャクチャなことを言ってるんだけれども、国際的な起源を持ってるということを大陸進出の口実にしたのです。ぼくは、天皇は外から来ているとか、そんな議論はほとんど無意味だと思う。なんでそのことが天皇制に対する批判とか挑戦とかになるのか。韓国の学者がそういうことを書きたがるでしょう、日本はこっちから行った連中がつくった国だ、と。だけど、それじゃ元へ戻ってまた一緒の国になりましょう、となりますからね。日本の皇室の中には全アジアの血が混じってるとか、だからいまやアジアの全体の象徴になりうるとか、そういうことが言えることになるでしょう。

浅田　「大東亜共栄圏」の八紘一宇思想というのは、まさにそれですからね、ある意味では。

柄谷　単一性とか同一性ということが強い以上、それに対して多数性ということが論理上出てくるんだけれども、しかしそのこと自体は、天皇制解体の論理にはならないと思います。起源に向かって解体しようとする論理というのは、起源に向かって肯定しようとする論理とほとんど同じだと思う。「起源」こそがワナなんだ。いま天皇制がどういうふうに意味を変えていくのか、ということに注目したほうがいいんじゃないかと思うんです。

さらに、もう一つは、外国ではそんなふうに思ってくれないということがありますよね。こっちの意味づけと違いますから。

浅田　外国にいてあんな土下座姿のニュースを見たら、ものすごいショックを受けると思う。

柄谷　今の人はずいぶん外国へ出ているわけでしょう。中曾根発言[注2]にしても渡辺美智雄[注3]の発言にしても、迷惑だと思いますよ。日本内部では、そのつもりではなかったということですむけれども、外では……。あれぐらい鈍感な発言をする政治家は、外国にはまずいない。外では聞いてないと思っているということが、信じられないですね。

浅田　それは書かれてるものだってそうですよね。どこでどんな人が読むかもしれないという緊張が、あまり感じられないんだな。閉ざされた内輪のお座敷の中でそれなりに通用していればすむ、というのがほとんどでしょう。

柄谷　そうそう。それから大量の外国人が来てるわけで、みんな今は日本語が読めるんです。そういうことがわからないのかな。日本語のできる外国人をまだ珍しがってる。

浅田　今、天皇制の害悪といえば、そういう空間を閉ざす働きみたいなものがいちばん大きいと思いますね。日本の閉ざされ方というのは、七〇年代以降、極端になっている。経済が繁栄し、交通やコミュニケーションが発達するのに反比例して、かつてないほど閉ざされてきていると思うんです。それ以前は、敗戦の記憶もあるしインフェリオリティがあるから、どうしたって外のことを気にしないとやっていけない。

しかし、六八年以降というか、七〇年代になると、外のことを気にせずにやっていける程度には豊かになり、しかし、少なくとも文化的なことでいうと、外と対等に渡りあえるほどには豊かではないというところで、どことなく内輪のお座敷芸ですんでしまうし、またそれが安全だということになったんですね。

外部への緊張喪失による戦後近代文学の完成

柄谷　日本の批評の歴史を見てても、五〇年代まではいいですね。すごく切れてる。吉本隆明でも江藤淳でも、中村光夫でも福田恆存でも。六〇年代に入ってから鈍くなってる。これはやっぱり外部の意識が消えちゃったからだと思うんです。
浅田　現実的な〈外部〉というのがないわけだし、さっき小林秀雄の世代にとってそうだと言われた意味でのマルクス主義という〈外部〉もなくなっちゃった。そういうものとの対抗関係ではじめて意味を持つような言説が、抵抗のないところでは完全に空回りして、たんなる現状肯定になっちゃうわけですね。

柄谷　たとえば吉本隆明でいうと、五〇年代の初めぐらいに、マルクスとランボーは逆立するというようなことを書いてるわけです。つまり、文学と政治は逆立する、と。逆立というのは対立ではないし、優劣関係でもない。そういう発想をしてるんだけれども、これが疎外論が入ってくるようになると、マルクスとランボーが同型であるということになるんですね。

浅田　同じ本質の二つの射影になるわけですよ。

柄谷　文学の外に絶対的な外部として政治があるとか、政治の外に絶対的な外部として文学があるとか、そういう種類の緊張が消えてしまうんですね。文学の問題も括弧をつければすぐ政治になってしまう。たとえば、小説に父親が出てきても、それに括弧をつければ国家とか党とかを意味するというような読み方をやりだしたでしょう。「母」というのは農耕社会で「父」というのは国家だとかね。父親はただの父親ですよ。それなのにほとんど中世のアレゴリーみたいな読み方がはやりだしたでしょう。五〇年代にはそんな読み方はしなかった。

浅田　リアルなものの喪失と、閉じたイマジナリーな空間の成立ということですね。

柄谷　昭和四〇年代に、いわば戦後近代文学が完成したんです。〝だらしない内面〟になったんです。緊張を持たない。そういう意味で〝内面化〟されたんだと思う。それはぼくが『日本近代文学の起源』で書いた明治三〇年代から大正にかけての時代と対応してると思います。それ以前の、北村透谷や内村鑑三なんかは、だらしない内面じゃありませんよ。それが緊張を失ってしまった。ぼくが批判した内面性とは、そういうものです。今の文学は内面性がないとも言われているけれど、それはものすごく内面化してるからだと思う。

浅田　というか、内部化してますよね。

柄谷　内部化している。閉じられてるから、内面がなくてもいいんですよね。それは江戸の後期の文学もそうでしょう。まるで内面性はないですから。だから、ぼくの本を使って内面否定みたいなことを言われると困るんだ。あるいは主体の否定とかね。そんなことじゃないんだもの。デカルトに関してもそうなんだけれども、みんな口を開けばデカルト主義は何だかんだと言うけれども、たしかにフランスなんかだとデカルト主義の支配というような文脈がありますけど、日本でそもそもデカルト主義が支配したことがあったか。

浅田　もう少し正確にいえば、戦後、主体と世界との鏡像的《イマジナリー》な照応関係を築こうとし、それが一応できてしまって惰性化したのが六〇年代だと思うんです。七〇年代になるとその鏡は割れちゃうわけですけれども、その後は一種の閉ざされた無風状態の中で、割れた断片とそこはかとなく戯れていればいいということになって、それが現在なんだと思います。主体の不在と散乱が、即、内部化であるような状況。

柄谷　だから、主体とか近代とか、評判の悪い言葉があるんですけど、もう一回意味を変えるというか、再考しないとダメではないかと思ってるんです。国の土壌が違うところでは意味が違うので、同じように語ることはできないと思う。同じことが違う意味を持ってしまうんだから、それに敏感であるということが唯物論なんです。

浅田　いまは本当に唯物論がない。

内輪のお座敷芸では文学じゃない

浅田　このあいだ富岡多恵子が、高橋源一郎や吉本ばななの作品が内輪のお座敷芸や共感ごっこになり果てている、という批判をした。あんなに凡庸で常識的な批判が、にもかかわらず完全に正しいと言わなければならないほど、状況はひどいと思う。あれは完全に正しいですよ。

柄谷　正しいし、新鮮に見える。

浅田　そうそう（笑）。

柄谷　常識的なことが、いまやとても新鮮ですね。しかも、そのことを言うほうが勇気がいるし、知的な活発さもいります。新しいつもりでものを言ってる人たちのほうが実に凡庸です。しかも気づいてない、その凡庸さに。

浅田　それはお座敷の中にいるからですよ。吉本ばななななんて、ある種の少女マンガを文章で下手にコピーして優等生的な落ちをつけたようなものでしょう。マンガは百万部ぐらい売れるんだから、あれが同じように売れても、おかしくはないですよね。

柄谷　ぼくもマンガをよく読みますから。しかし、マンガはマンガで結構だ。近代文学はそういうものを否定してきたと言われても……いいんじゃないですか、否定して。

浅田　少なくとも否定はしなければならないと思いますね。

柄谷　たとえば、外国で最近の作品ではどういうものを翻訳すればいいかってよく訊かれるわけです。そのときにハタと考えると、ないんです。まさか吉本ばななななんて言えませんよ（笑）。こういう冗談は日本でしか通らない。それは内輪の話ですよ。高橋源一郎の小説もそうだけどね。阪神ファンにはよくわかるけど（笑）。

浅田　あれは文字どおり「日本野球」なので、翻訳するわけにいかないですね。その上に、批評というのがまた珍プレー好プレーを内輪でたのしむ「日本野球批評」でしょう。

柄谷　ものごとには、ある程度の常識というものがあるじゃないですか。それを揺すぶってるつもりでいるんだろうけど、それこそもっとふつうの常識があると思う。

浅田　教条的マルクス主義に則っていえば、ふつうの唯物論でやればいいと思いますけどね（笑）。

柄谷　文壇以外の人に、どんなものを読んだらいいんでしょうって訊かれても、あれは売れてますから読んでみたら、と言うしかない。やっぱりこれは日本的な「自然」についているわけでしょう。売れてるのが勝ちということになりますから、「文化」ではない。

浅田　村上春樹から俵万智にいたるまで、みんなそういうことなんですよ。そこはかとないチープな共感を売る商売ですね。それは文学とは何の関係もない。

柄谷　確かに、そういうものとして世界的に売れる可能性もあるんですよ。

浅田　ただ、商品に徹しようとするならば、マンガなんかのほうが、それなりにきちんとやっているわけですよね。ちゃんとマーケティングをやって、読者からのフィードバックも入ってるし。それを拙劣に真似すること以上に愚劣なことはない、と思うけれども。

柄谷　そうですね。基本的に文学は無力なんです。それでいいんですけど、そういう状況にいると知った上でやるべきだと思うんです。バカにされたものとして生きればいいんだけれども、その根性がない。

　ぼくは大西巨人とか大岡昇平とか、ああいう非転向の人が好きなんです。天皇も転向したんですね。

浅田　そうです。プロシア的軍国主義から平和的象徴主義へ。

柄谷　戦後、転向しなかったのは保田與重郎とか三島でしょう。逆に偉く見えますよね。

浅田　とはいえ、昭和天皇にもそういう迫力はありますよね。本気で転向したかどうかも怪しいものだし。その点、明仁も徳仁も昭和天皇のような迫力は、持ちえない。今度の騒ぎで意外なほどのブームが起きたけれど、これを最後に、これまた意外なほど早く、憑きものが落ちたようになるのではないか。ぼくの感じでは、江戸時代のように棚上げが進み、そのことによって安定性は出ると思いますね。

柄谷　だから、京都に行くのが一番いいと思う。

浅田　京都の住民としては、そんなものに来られては困る（笑）。ただ、システム論ではそれがいいんでしょうね、存続させようと思ったら。

柄谷　京都へ行ってくれると一つ面白いのは、バルトの『表徴の帝国』が成立しなくなることです（笑）。

浅田　皇居跡はセントラル・パークになると思いますけどね。

柄谷　あれは江戸城なんですからね、本当は。城下町の空間が皇居に化けてしまっただけでしょう。本来は、〝巨大な空虚〟じゃないと思うんだ、天皇は。

浅田　もっと小ぢんまりしたもの。

柄谷　うん。将軍とミカドがごっちゃになってると思うんです、西洋のイメージでは。

浅田　いずれにせよ奥崎謙三の事件以降、防弾ガラスの向こうからマイクを通して話すようになった。これは必要からでしょうけど、意図せずして稀薄化へ動いてますよ。そうやって、どんどん奥へ奥へ引っこんでいくんじゃないかと思う。

柄谷　奥崎みたいに、上官をやれない代わりにその息子をやろうとか、そういう人だっているかもしれないけど（笑）。しかし、昭和天皇でないかぎりは、その種の人間的なこだわりみたいなものはなくなるだろうな。

浅田　明仁にそんなことをしてもしようがないですからね。

柄谷　政治との絶縁をもうちょっとはっきりさせれば、安定的に存続するのは可能でしょう。だけど中曾根が、天皇陛下は太陽であるなんて言ったりするから、皇室にとっては逆に危ない。

浅田　まあ共和主義者としては、皇位継承の騒ぎを冷ややかに見守りながら、どこかでボロを出すのを待つ、というところでしょうか。

（初出『文學界』一九八九年二月号「昭和精神史を検証する」改題）

注1　（二〇一九年九月一日　浅田彰追記）　この対論は、昭和天皇の死んだ一九八九年一月七日に発売された『文學界』二月号に掲載された。そのときのことは「REALKYOTO」のコラム（http://realkyoto.jp/blog/asada_akira_190501/）に書いたが、ひとつだけ繰り返しておくと、この対論で昭和天皇の病気とともに異様な「自粛」ムードに包まれた日本を「土人」の国と呼んだ、これは実は引用である。対論の現場では、天皇は憲法で規定

された「国家の機関」であって国体論者が神輿にのせて担ぐ「土人部落の土偶」のごときものではない、という北一輝の言葉（『国体論及び純正社会主義』）について語り合っており、慌ただしい編集の過程でその部分がカットされたため、「土人」がこの右翼イデオローグの言葉の引用であることがわかりにくくなったのだ。とはいえ、私自身の言葉ととられてもまったくかまわないことは改めて確認しておく。

注2　一九八六年九月、当時の中曾根康弘首相が自民党研修会の講演において、日本が高学歴社会になった一方でアフリカ系や、プエルトリコ系、メキシコ系住民が多数含まれるアメリカは平均的に見ると知的水準が低い、という内容の発言をして、アメリカで問題になった。その後、中曾根は謝罪したが発言の撤回はしなかった。（講談社文芸文庫編集部）

注3　一九八八年七月、当時自民党政調会長の渡辺美智雄が自民党軽井沢セミナーの講演で、アメリカにアフリカ系住民が多数存在し、またクレジットカード決済が普及していることを指し、破産しても何も支払わなくても良いとアッケラカンとするだけだ、という内容の揶揄的な発言をした。注2の中曾根発言の問題があったにもかかわらず人種差別観念が改められていないとアメリカで問題視された。（講談社文芸文庫編集部）

冷戦の終焉に

浅田　壁が破れて二か月後にベルリンに行ってきたんだけれども、ボロボロになった壁が、既に見捨てられた廃墟のように立っていた。それを見て僕は、あの熱狂の後でこれからが大変だろうなと思いましたね。

早い話が、壁というのは東ドイツの国有財産なのに、それを西側から勝手に削って商品化し、アメリカからさらには日本のデパートにまで再輸出している。このこと自身、資本主義の貪欲さを遺憾なく示しているわけです。

柄谷　全くですね。

浅田　僕が印象深かったのは、ブランデンブルグ門の真正面の壁に出ていた巨大な看板。民主主義の宣言か何かが書いてあるのかと思って近づいていったら、イギリスの広告会社サーチ＆サーチの宣伝なんですよ。あれはこれから各企業にリースされるんでしょうね。そういう意味でも、何がしかの歴史的感慨を求めてあの門を訪れた人は、実は計算高い資本主義と遭遇するわけです。

だから僕は、やっぱり今年（一九九〇年）は、民主主義の明るいイメージの後ろにある資本主義の苛酷な現実が表面化して、いろんな矛盾が噴出してくるんじゃないかという気がします。

柄谷　一般に自由民主主義といってるけど、自由主義と民主主義というのは、本来全く対立する概念で、僕はこれを混同して自由民主主義というのはおかしいと思うんです。

自由主義というのは、ある意味では資本主義の本質であって、これは国境も何もない。個人主義だし。一方、民主主義というのは、共同体を確保するためのもので、同質性を保持するということだと思うんです。これは全体主義と矛盾しない。

浅田　カール・シュミット流にいうと、そうなりますね。どこから来たやつでも自由に競争して、その中で適当な均衡ができればいいというのが、自由主義。それに対して、民主主義の方は、同質な集団の中で合意を形成して、アイデンティティを築かなきゃいけない。

柄谷　そう。だから僕は、東欧の問題にしても、自由主義と民主主義が実現されたなんてことじゃなくて、むしろ、両者の対立が露骨に出てくる段階に入ったと思っている。もちろん、日本も同じです。

浅田　アメリカの場合は、自由主義と民主主義の区別が、共和党と民主党の対立という形で割にはっきりしている。一方は資本の利害を代表し、他方は農民や労働者の利害を草の根民主主義的に代表している。

ところが日本は、なんたって自由民主党でしょう（笑）。

柄谷　そも名前からして矛盾がある（笑）。

浅田　そう。要するに、都市部の大資本の利害を代表しつつ、それによって搾取されて貧しくなった農村部に、補助金なんかで利益誘導をして、そちらも取り込むという、実に巧妙というか、むちゃくちゃな二枚舌政策をやってきた。そういう矛盾が、自民党にはずっとあったわけです。

柄谷　その矛盾が、去年からややドラスティックに顕在化しつつあるわけです。

マルクスが、議会（代表制）について、代表する者とされる者との関係は恣意的で、一義的な結びつきはないといってますが、日本の戦後体制の中では、農地改革以後自民党が農民を代表するということが一義的に決まっていたわけですね。

しかし、代表される側の構造は日々変わりますから、今や誰が誰を代表しているのかが、非常に不透明になっていると思うんです。

浅田　その通りですね。

柄谷　例えば、今までなら、農民は自民党に結びついていて、自民党の保護政策を受けてきた。ところが今は、コメその他の農産物の自由化を巡って、社会党の方が保護主義的なもんだから、農民は今や社会党と結びつき始めている。

つまり、代表する者とされる者の関係が、混沌としてよくわからなくなっているわけです。しかも、わからないままで明確化しようともしないから、選挙をやっても、何が何だか全然わからない。

浅田　自民党に関していうなら、中曾根内閣の時にやろうとしたように、完全に都市の方にシフトして、農村とか流通段階の中小企業は切り捨てると、明確にいってしまえばいいんですよ。

あるいは、自民党がそれこそ二つに分かれて、一方は自由共和党のようなものになり、他方は社会党とくっついて社会民主党になるとかね。

そうすればよほど構図がはっきりすると思うんだけど、敵もバカじゃないから、全部の支持が集められるように、その辺はあいまいにしている（笑）。

柄谷　なあなあで済まそうとしてるわけです。でも、この対立は、個々人の現実の生活レヴェルで顕在化してきている。例えば、消費者といっても、純粋消費者なんてものはいない。かりに家庭の主婦がそうだとしても、亭主の方は生産や流通過程にある。農産物自由化にしても、消費者の論理からすると開国派になるはずなんだけど、ところが同じ消費者運動が農民とも結託するわけです。

こういう個々人の矛盾があってもなあなあで済ませてきたわけだけど、それもう限界だと思います。国際情勢からいっても。国内だけの問題じゃないから。

浅田　さっきもいったけど、中曾根の段階では、自民党は開国派で突っ走ろうとしたと思うんです。農業の自由化というのが暗にあったし、あの時の売上税というのは伝票方式だったから、一応、流通も透明になる。良くも悪くも明快に共和党的な線だったわけです。

それが八〇年代の日本資本主義の一つの選択だったのは、事実でしょう。

ところが、実際には輸入はいつまでたっても伸びない、外国人労働者も受け入れないという閉鎖性が他方にあるので、日本に対する外圧は強まるばかりだし、それがまた鎖国派の反発を呼ぶ。消費税に対する内部からの反発もあって、どっちかというと、今は民主党的な方へ揺れているという感じがしますね。

柄谷　だから、自由民主党という名前で自由主義と民主主義をあいまいに統合してきたわけだけど、自由主義は絶対に国際化を要求するし、民主主義は内的同質性を要求する。その対立が自民党内で露出せざるを得ないのに、まだ今の自民党でやりたいといって、頑固に抵抗してる感じですね。

選挙に勝ってももう無理でしょう。

浅田　いずれにしても、米ソの冷戦構造が一応終わって、世界資本主義というべきものが、名実ともにほぼ北半球全域を覆いつつあるわけですね。

しかし僕は、それが資本主義の安定化につながるどころか、逆に一方で宗教や民族や人種に基づいた反発も招いて、今世紀最後の十年は、かなりきつい波乱の時代になると思う。

柄谷　僕は俗にいう資本主義と共産主義の対立なんていうものは、ないと思ってるんです。つまり、資本主義というのは、共産主義とか社会主義のようなイズムじゃないんで。

浅田　そう、資本家はいても、資本主義者という人はいないものね。

柄谷　それに、資本主義というのは、本質的に世界資本主義だと思うんです。世界資本主義には実体がない。いわば関係そのものだから。そして、その世界資本主義に対してどう対応するかで、いろんなタイプの国家形態があるんだと思う。「共産主義」とは国家資本主義です。

現在の戦後体制というのは、本来は三〇年代の経済不況、つまり世界資本主義の危機から始まっているんですね。そこからの脱出法が三通りあった。一つはアメリカのニューディールであり、ケインズ主義です。もう一つが共産主義、それとファシズムです。これはそれぞれ成功したんですね。

浅田　ファシズムなんか大成功する。

柄谷　そう、失業が全部解消した。

いずれも国家主義的なのですが、この三つのうち、ファシズム国、つまり領土のない日独などと、領土があり余っている国とが、二元的に対立したのが第二次大戦で、結局、残ったのが米ソだったわけです。

負けたファシズム国は領土と戦争を放棄して、四十年かかって復活した。ところが、米ソはなまじ勝ったために、一九世紀的な領土拡張型の帝国主義を残したまま戦後もやってきて、結果、ともに行き詰まってしまった。

だから、冷戦が終わったというのは、もう一遍、一九三〇年ぐらいの時点に戻ったということなんで、その意味では、世界資本主義は再び非常に危ない段階に入ったともいえるんです。

浅田　僕は米ソの衰退は技術の変化にも関係があると思うんですね。機械文明の段階では、大工場や資源が必要で、従って、領土が必要だった。しかし、今は電子情報文明への移行期だから、領土がなくても、電子情報網の中でどのようにヘゲモニー（覇権）をとるかの方が重要になっている。外延的な広がりより、内包的な力が重要なわけです。米ソは領土があって古いパラダイムでやってきたがゆえに、動きがのろかったのに対し、日独は領土を断念せざるを得なかったがゆえに、とくに民生部門でいち早く内部集約型の技術革新を展開して、うまく経済成長を果たした。それが今、経済摩擦という格好で問題になっている。

柄谷　三〇年代でいえば、領土主義というのは農業問題の解決とも結びついていた。満州への農業移民なんか、まさにそうです。今、浅田さんがいった情報産業的なものは全く農業と関係がないけど、グローバルに見た場合、広義の農業問題はむしろ今の方が危機的になっていると思うんです。エコロジカルな危機がある。さらに、第三世界というのは壊滅しちゃって、百万人もの人が明日にも死ぬという国やコカインが主要産業となってしまった国があるわけでしょう。

浅田　南北ですごい乖離が起こっている。北のほうでは、電子情報網の中で現実離れした投機のゲームが進んでいく一方、南のほうでは、枯れた大地に、地球人口の八割もの人々が貼り付いている。
今、南北といったけど、実際には、北の先進国の都市の内部にだってものすごいゲットーが生じているんですね。アメリカの首都のワシントンなんか、八割が黒人の貧民。つまり八割方は第三世界ともいえるわけです。
こういう広い意味での南北間の矛盾が早晩炸裂すると思う。

柄谷　第三世界の農業を荒廃させたのは、先進国の国際農業資本ですからね。だから、自由と民主主義が勝利して歴史は終焉したなんていう人がいるけれど、そんなこととは無縁の世界の人が人類の八割はいるわけで、歴史は終わったどころではない。

浅田　その通りです。

柄谷　そういう中で一番奇妙なのは、やはり日本でしょう。いまだに、海外労働者を入れるとゲットーができるから、なんていう議論をやっている。他の先進国はとうにできているわけですよ。

浅田　そう、香港なんか人口の何%も移民労働者がきている。日本は、数千のボート・ピープルが流れついただけで一種のヒステリーですからね。
資本主義でいえば、日本で人手が足らず、しかも賃金水準が近隣諸国の数十倍というんだから、入ってくるのは当然なんですよ。ところが、右翼的イデオロギーで日本の文化的アイデンティティを守らねばならぬといったり、逆に左翼の方は、アジアと連帯せねばならぬとはいいつつ、本音では、労組の利害から妙な安い労働力が入ってきてもらっては困ると。

柄谷　だから、九〇年代というのは、今までイデオロギーでごまかしていた現実的矛盾が、次々と露呈していくと思う。

浅田　ええ。一方で、国内の投機ゲームで株や土地を異常なまでにインフレートさせておいて、その資金で世界中を買収しまくっている。資本主義だからとはいいながら、見ようによっては詐欺に近い。しかも、他方では、市場は閉鎖的というんだから、覆いがたい矛盾ですよ。

柄谷　西欧がもたらし、押しつけようとしてきた自由・民主主義の原理には、少なくとも疑似普遍性はあると思う。しかし、日本には、世界にこうだという原理を示す意志がないんですよ。日本は特殊だというだけだ。

僕は、岡倉天心とか西田哲学なんかは、単なるナショナリズムじゃなくて、一応、東洋ということで、普遍的な原理を出そうとしたと思うんです。

浅田　少なくとも戦前の場合は、アジアがある種の擬似的普遍性を主張するんだというんで、何らかのパラダイムを出そうとしていた。ところが戦後は、核の傘の下で自閉的になってきたせいか、右翼は日本文化のアイデンティティということしかいわなくなっちゃったわけです。

柄谷　日露戦争（明治三七年）までは、日本は特殊な国としてじゃなくて普遍性をまとおうとしていた。ところが、日露戦争以降は随分内面化して日本的になっていくんです。明治と昭和の平行説でいうと、昭和の場合は東京オリンピック（昭和三九年）以降がそうです。

浅田　日露戦争以前や、昭和なら高度成長期までは、欧米に追いつき追い越せの時代で内面にかまけていられなかった。その目標が達成された後のある種の自足感の中で、日本回帰が起こっていると思うんです。

特に七〇年代半ば以後は、日本は経済的には外へどんどん触手を伸ばしながら、思想的にはものすごく閉ざされていった。

ともあれ、経済が強いているある種の自由主義的な開放性と、今の日本の共同体的な自閉との矛盾が、これから大問題になるでしょうか。

柄谷　たぶん、矛盾のぎりぎりまであいまいにいって、発作的にけいれん的に反応するということになるんじゃないか。

浅田　実際、日本は、経済大国とか情報金融帝国とかいっても、実は一番脆弱ですからね。早い話が、累積債権がいくらあっても、借りてる方が債務を人質に居直ったら、貸し手より借り手が強いに決まってるんですから。

柄谷　日本は国内的に健全になればなるほど、脆弱になっていくんですよ。海外労働者を入れない方が日本社会は健全だけど、そうすればするほど国際的にはだめになるという具合に。

浅田　日本の富といったって、土地や株の異常な評価からくる名目の富で、何の内実もないということもばれてきつつある。今年は円も株も債券もトリプル安で始まったでしょう。誰もこうなるとは思わなかったわけだけど、僕は、これは八〇年代の表面的な繁栄の時代のツケがくる予兆だという気がしますね。

（初出『週刊ポスト』一九九〇年三月九日号「柄谷行人氏から「資本主義が再び危機」の話を聞き出す」改題）

「ホンネ」の共同体を超えて

浅田　冷戦構造の崩壊とともに、世界は資本主義によって覆われるだろう。けれども、それですべてが終わるのではない。おそらく潜在的なブロック化の動きが出てくるだろうし、さらには南北の格差が増大し、しかもその場合の南は北の内部にも入り込んだようなかたちになるだろうし、あるいはまた、国の単位よりも小さいエスニックな共同体が蘇生してきたりもするだろう。そういう動きのなかで冷戦下の「歴史の宙吊り」状態が破れて、歴史の激動が始まるだろう。柄谷さんや僕は、一九八九年以前からそんなふうに予測していたわけです。

一方では、その予測があまりにも当たってしまって、何の驚きもないことに驚く。しかし他方では、それが急速に現実化してしまったという事実性がボディ・ブローのように効いてきて、そこから来る驚きはある。そのあたりを振り返りつつ、話を始めたいと思います。

柄谷　たしかにわれわれは、八九年以降に生じることをとうに予測していたと思います。ソ連が解体するとは思っていなかったけど、僕の頭のなかではとうに解体していましたからね。ところが、実際に解体してしまうと、以前にそういうことを考えていたこと自体を忘れてしまうんです（笑）。

ちょっと必要があって、八〇年代半ばに書いたものを読み返して、自分でも驚きました。たとえば、僕と浅田さんは、八六年初めにボストンで開かれた「ポストモダニズムと日本」(デューク大学出版局・邦訳『現代思想』一九八七年一二月臨時増刊〈日本のポストモダン〉)という会議に出席した。あのとき僕のほうは、八〇年代の日本のポストモダニズムと、戦前・戦中の「近代の超克」の問題を結びつけようとした。それは、一九八四年に「批評とポスト・モダン」(『批評とポスト・モダン』福武書店)という論文に書いていた事柄でした。ところが、そういうことを考えていたことを、僕自身が忘れていた(笑)。

あなたのほうは「子供の資本主義と日本のポストモダニズム」というタイトルで講演したわけですね。それに関して言えば、あのころは、それは日本だけの現象で、まさか世界に広がるとは思っていなかった。ところが、たとえば、アニメやファミコンが大流行したり、吉本ばななが売れたり、日本の大衆文化現象が世界化している。かつて、大衆社会化の現象は「アメリカ化」と呼ばれたけれども、その意味では、現在起こっているものは「日本化」と言えるのではないかと思います。

たまたまその会議のときに、アラン・ウルフが、コジェーヴのヘーゲル解釈、「歴史の終わり」の後には世界が「日本化」するだろうという予言を取り上げていた。フランシス・フクヤマがコジェーヴを使って「歴史の終わり」を言い出したのはそのあとです。言ってみれば、そうした議論はその時点ですべて考えていたことであるはずなのに、それを僕自身が忘れていた。なぜ忘れてしまったのか。それは、浅田さんが言ったように、八九年以後に現実に起こったことがデジャ・ヴュでしかなかったからです。つまり、それを現実として受けとるためには、前にそれを考えていたということを忘れてしまわないといけなかった。そういうことではないか、と思っています。奇妙な記憶喪失ですね。

浅田　ブレジネフ時代末期から、すでにソ連がもたないのはわかりきっていたし、早晩、冷戦体制が崩壊することも見えていた。われわれは、いわばそれを暗黙の前提としてものを考えていた。ただ、まだそれは現実ではなく、そのうち訪れるであろう雪崩のような切迫感をもって感じられていた。しかし、雪崩が起こってみると、あまりにも予測通りで、何の驚きもないことに驚いているうちに、過去に考えていたことすら忘れてしまったという、非常に奇妙な状況ですね。この世紀末、現実は激動しているのに、理念は不思議な記憶喪失状態にある。

イスラムは新たな第三項になるか

柄谷　ポストモダニズムの議論は、当然、ソ連なり冷戦構造なりの崩壊を先取りしているわけで、すでにその段階でその問題が問われていた。ところが現実に起こってみると、ちょっと違う。この奇妙な違和感というか、齟齬《そご》というか、これは考えに値するとは思う。最近、法政大学のゼミで、昭和一七年に行われた座談会「近代の超克」の検証をテーマにしたんですが、それを準備しながら思ったのは、近い過去の世界構造ほど簡単に忘れてしまうということです。というのは、A・J・P・テーラーが『第二次世界大戦の起源』

（邦訳・中央公論社）のなかで、ソ連が大国になったのは一九三九年ごろだと書いている。ソ連は戦争中に大国になっていったというわけです。要するに、三〇年代のソ連は、国家としては小さくて弱いけれども、共産主義ということで世界史的な勢力たり得ていた。ファシズムであろうとアメリカのケインズ主義政策であろうと、すべて反共産主義として成立したわけで、全体が共産主義を避けるためのプログラムだった。そういうソ連の構造的な位置というものが、戦後になると忘れられている。ソ連共産主義イコール大国ということになったわけでしょう。戦前は共産主義を非常に恐怖したが、国家としてはロシアは弱かった、そのずれが、ほんのわずかの間に忘れられてしまったんですね。僕は、いまのロシアを見たときに、ちょうどその裏返しになるのではないかと思う。ソ連が解体してもロシアは残っているわけですから。

要するに、戦後の二元構造は、歴史的に見たら非常に短い時間であった。第二次世界大戦まで、ソ連は連合軍に入っていて、むしろ、アメリカに支えられていたわけですから。五〇年代後半からの冷戦構造は実はきわめて安定した構造です。「冷戦」とは、文字通り戦争が凍結されていることです。むしろ大事なのは、この二項の外にある、第三項のほうではないかと思う。第三項とは、いわば「第三世界」です。それを代表したのはやはり中国だったと思う。中国は経済的・軍事的に弱かったにもかかわらず、三〇年代のソ連と同様に、ある世界史的な構造を担っていた。つまり、「第三世界」が同一性として構成されるのを代表していたと思う。冷戦構造は、たんに二項対立ではなく、こういう第三項とともに、というより第三項に対してあったわけです。たとえば、米ソは中国に対して、一種共犯的な関係にあった。また、第三世界は、米ソの対立を利用して駆け引きをやることができた。

しかし八〇年代前半から、第三世界が成立しなくなったと思う。もっと前に中国は毛沢東主義を放棄していたし、そのころすでに第三世界は「世界」としての同一性を失っていた。そのころから原理主義や各地の民族運動が起こってきたわけです。たとえば、中国とヴェトナムの戦争、ヴェトナムとカンボジアの戦争などが七〇年代後半に起こっていた。イラン・イラク戦争のようにわけのわからない戦争もありました。

したがって、戦後の米ソ二元構造というのは、きわめて短期間のものであり、それが戦前の三極構造（ヨーロッパ・アメリカ・日本）に戻るということは、八〇年代前半にも予測し得たことです。しかし、それは、たんに元に戻るということではあり得ない。世界構造の組み替えには、なにか別の項が要るわけです。それが何なのかは、僕は予測できませんでした。ただ、いま先進諸国が標的として見いだした第三項は、イスラムではないかと思う。湾岸戦争のとき、世界中が敵対した相手は、イスラムだった。旧ユーゴスラヴィアの紛争で標的になっているのはイスラムだし、ドイツのネオ・ナチが排撃しているのも、やはりイスラム系のトルコ人である。そして、アラブ圏以外でも、原理主義が広がっている。

浅田　戦前の状況を考えれば、イギリスやフランスなどの先進国に比べ、ドイツやロシアは圧倒的に遅れていた。しかし、いちばん遅れていたロシアがたまたま共産主義という世界史的理念を担ってしまったがために世界史的勢力として台頭し、それとの対抗関係でドイツはファシズムを選択した。それで歴史の激動があったわけでしょう。

しかし第二次大戦後は、その激動が凍結されて宙吊りになった。とくに西側から見れば、共産主義という大きな敵がいるがゆえに、逆にすべてが安定するというかたちで秩序が保たれていた。一般的に、社会というのは、内部矛盾を外部の敵に投影することで安定するのだけれども、恰好の敵が共通にひとつあったから、全部それとの関係で安定できた。最近のイタリアのマフィア絡みの政界スキャンダルにせよ何にせよ、とにかく共産党でなければどんなに腐敗していてもいいということで四五年間やってきたのが、冷戦が終わってそれを総決算しようとしたら、内部が腐りきってどうしようもなくなっている。これはイタリアだけでなく日本でもどこでもそうだと思う。

それからまた、西の「第一世界」に対する東の「第二世界」という図式があれば、これを想像的に乗り越えるために第三項としての「第三世界」をもってきて、その象徴としての毛沢東主義をロマンティックに賛美することもできた。しかし一対二の戦いが解体すると三も解体してしまって、多数性の中でわけがわからなくなっている、それが現状でしょう。

そうはいっても、やはり内なる矛盾を外なる敵に投影したいという欲望はずっとあるから、何らかの第三項を捏造せざるを得ない。イスラムがそれに選ばれたのは歴史的偶然だと思うけれども、とりあえずイスラムがあったから、あらゆる矛盾がそこに投影されているという感じじゃないですか。

歴史的展望の喪失が原理主義に走らせる

柄谷　たとえば、アメリカで『マルコムX』の映画がヒットした。黒人が現状で自己再建しようとした場合、選択肢としてもう一回イスラムがでてきているとも言える。ただし、それは六〇年代のブラック・モスレムとは異質です。

浅田　冷戦下では、一方ではソ連がスポンサーになって第三世界が革命と自立の道を歩むということがあり、なかなかうまくいかないにせよ、とりあえず実験だけはなされた。他方、アメリカもそれに対抗して、第三世界をさまざまな開発計画などでサポートし、国内的にもマイノリティをサポートしていくというそぶりだけは見せていたわけです。

しかし、そもそも冷戦構造が崩れてしまうと、そんなことをいちいちやる必要もなくなって、落ちこぼれは落ちこぼれで勝手にしろという感じになってきた。そこのところで、ある種の絶望感が広がってきた。こうなると、合理的な開発計画とかではもうだまされないから、原理主義ぐらいまでいってしまわないと、もたなくなっているのではないか。

柄谷　そう思いますね。ジジェクは、いま旧ユーゴスラヴィアや中東で起こっていることを古代史から説き起こすような説明はまったくだめだ、それは現在の世界構造から来ているのだと言っているけれども、その指摘は大事だと思う。

たとえば、僕が「文芸時評」（一九九三年四月二七日付の読売新聞夕刊）でとりあげた丸谷才一の『女ざかり』。あの作品は、贈与の互酬性によって成り立っている日本の社会をうまく説明している、と評価されている。けれども、それを古代から、あるいは前近代からの日本の社会の特性だというのはまちがっています。たとえば、その理屈でいまの金権政治の腐敗、金丸信とか竹下登の権力構造を説明するのはまちがいである。というのも、ほんのわずか前まで、あんなものはなかった。田中角栄ぐらいからできてきたわけで、しかも、田中角栄が滅びてから完成されたものでしょう。それを日本の特性だとして古代から説き起こすのは、この構造を永遠化することになるわけです。

イタリアではマフィアが何百年も社会を牛耳ってきたみたいに見えるでしょう。そんなのは嘘です。浅田さんがさっき言ったように、世界史的に同時的に起こってきて、また同時的に暴露されたにすぎない。

イスラムの問題でも、千年も前から考えてもらっては困る。イスラムが世界的問題として登場してきたのは、石油のせいでしょう。今世紀に入ってからのことです。今日、人々が原理主義にいくのも、やはり現在の主に経済的な理由からです。深い根源的な考察というやつは、六〇年代の思考であって、それはいまは反動的に働いているわけです。

浅田　根源にさかのぼってはいけない。

柄谷　根源にさかのぼる思考は、身近な過去に生じた転倒を忘却させる。もちろん、歴史的にさかのぼって考えることは必要です。たとえばわれわれは旧ユーゴスラヴィアの歴史を知る必要はある。なぜ知る必要があるかというと、そこでの紛争も近代的なもので、古代からあったものではないということを知るためです。世界史を知る必要があるのも、世界史の根源的な理念を知るためではない。そんなのは嘘なんだから。しかし、それがいかに嘘かということを知るために必要なんです。

浅田　だから、ジジェクが言っているのと似たようなことをサイードも言っている。諸民族の間の千年を超える争いとかいって根源にさかのぼっていくと、ある種の神秘化が起こるわけです。ユダヤはユダヤ、イスラムはイスラムで、天命ゆえに互いに未来永劫争うほかない、とか何とか。しかし、そのつどの紛争は、そのつどの政治経済的な状況に規定されて起こっていて、それはまったく世俗的な問題なんだ、と。だからサイードは神秘的批評に対する世俗的批評ということをとくに八〇年代に強調したけれども、それはいま柄谷さんの言われたことと同じだと思う。

柄谷　最初に僕は、いかにわれわれが身近な過去を忘れやすいかということを、自分を例にとって言ったわけですが、世界構造が変わってしまうと、それ以前に考えていたことが夢のように遠のき稀薄になってしまう。たとえば、いまアルジェリアでいちばん強いのはイスラム原理主義ですね。五〇年代から六〇年代にかけては、アルジェリアは民族解放・社会主義のホープとして見られていたのに、いまや原理主義が浸透している。しかし、それは古来からの宗教問題などでは絶対にない。

浅田　さっき言ったように、ある種の左翼的展望がついえ、また左翼を敵にする必要がなくなった資本主義が第三世界の発展にあまり助力をしなくなったという端的な政治経済的条件が、彼らを原理主義に追いやっているだけのことですよ。しかも、アルジェリアで民族解放戦線に対する拷問のプロだったジャン゠マリ・ル・ペンのような人物が、フランス本国で国民戦線のリーダーになり、イスラムの移民がわれわれフランス人から職を奪っていると言って、ナショナリズムを煽っている。ドイツでも似たような状況がある。これは密接に関連しあった事態です。

柄谷　六〇年代の裏返しですね。ただ、表面上連続しているように見えるものもあって、カンボジアのポル・ポト派やペルーのセンデロ・ルミノソがそうでしょう。毛沢東主義そのままの原理主義として持続しているように見えて、まったく質の違ったものです。あそこにまったく展望はありません。

浅田　展望がないから原理主義的に過激化するんで、したがって原理主義に展望はない。

柄谷　ところが、絶対に展望のない現実があるということを見ないで、ひとは原理主義を啓蒙主義的に解消できると思っている。

浅田　リーズナブルな発展プログラムがあれば効くだろうけれども、たとえばアメリカは、ラテン・アメリカに対して、そういう面倒を見る気は毛頭ない。では、ほかが肩代わりできるかというと、それもできない。となれば、柄谷さんが前に言われた「造反無理」というやつで（笑）、極端な原理主義かドラッグ生産にでもいくほかないでしょう。

しかし、さっき柄谷さんが言われたように、歴史が宙吊りになった冷戦期だったからこそ、逆に超歴史的な根源、つまり文化や宗教や民族に原理主義的にさかのぼるしかなかったとも言えて、実際に歴史のなかでやっていれば、もっと世俗的に考えるはずです。それを忘れてしまったのが、この四五年間の大きな忘却ではないか。戦前はもっと歴史的に考えていたでしょう。

ヘーゲル主義的世界史像の反転

柄谷　「近代の超克」より前の昭和一六年に行われた京都学派の高坂正顕・高山岩男・鈴木成高・西谷啓治による「世界史的立場と日本」という座談会があります。その直後に戦争が起こったため、記事を掲載した『中央公論』は爆発的に売れたらしい。その続きの「総力戦の哲学」などが、むしろ戦争の意味づけというか、強引にヘーゲル主義的な正当化みたいなところに向かっていくのに対して、あんがい最初の「世界史的立場と日本」のほうがよくて、高山岩男の発言なんかはけっこうおもしろい。日本に関する考察もなかなかのもので、いまの日本論の類よりも優秀です。そのなかで、なぜ世界史の哲学なのかを言っているんですね。そもそもヘーゲルの世界史というのは基本的にヨーロッパしか考えていない。もちろん、中国、インドから始めるけれども、これは論理的に言って初期段階のことで、そのあとはない。

浅田 世界史は東から西へと発展していくから、ギリシア以後が本番なんですね。

柄谷 非西洋は、西洋と空間的に並ぶのではなく、時間的な初期段階に繰り込まれている。ところが、ポール・ヴァレリーが書いたことだけれども、ヨーロッパ人がヨーロッパを意識したのは、一九世紀末の日清戦争と米西戦争のときです。つまり、日本とアメリカがヨーロッパに対立する勢力として極東と極西から出てきた。しかもそれはヨーロッパと異質のものではなく、ヨーロッパの延長である。ヴァレリーは、そのときはじめて自分たちはもはや世界ではなくヨーロッパであることを意識したと書いている。

浅田 ヴァレリーの認識は非常に早い。ふつうは日露戦争のあとなのに、日清戦争のときから言っているんですから。

柄谷 ヨーロッパは世界ではない、世界のなかにヨーロッパがあるだけだと認識した。そのときに初めて世界史というものができるわけで、したがって「世界史」という認識は、確実に今世紀（二〇世紀）のものですね。第一次世界大戦でも、日本とアメリカが参加しているから「世界大戦」と言えるんです。要するに、ヨーロッパと異質なものが出てきたのではなく、ヨーロッパの延長であるものがヨーロッパに対立してきた、そのようにして「世界」が閉じられたときに、「世界史」が成立した。その場合、京都学派の人たちは、ヨーロッパ側から見た世界史と、われわれから見た世界史とは意味が違うといって、別の世界史を提示してみせたわけです。

その観点から見ると、フクヤマの世界史論は、ほとんどヘーゲルに基づいたヨーロッパ中心主義ですね。それは、身近な過去を忘れていると思う。したがって、それは現在の世界の三極構造を説明できない。八〇年代以降に日本がひとつの極として出てきたのは、何も突然の出来事ではない。少なくとも日清戦争以降の、ヴァレリーが洞察した意味での「世界史」の発端においてもあったわけですから。

浅田　そういう世界史というものをもう一回ヘーゲル流の単線的な歴史に織り込もうとする努力があったと思う。東洋からだんだん世界史が発展して、西洋、とくに西ヨーロッパにおいて、ある極点まで達した。しかし、戦前の段階でそのヘゲモニーはだんだんアメリカに移りつつある。そして、アメリカからさらに先まで行くと、極東の日本に戻ってきてしまう。実際、陸戦の時代から海戦の時代になり空中戦の時代になって、そこにエレクトロニクスも入ってくるわけだけれども、それを支える産業資本主義の重心はもはやアメリカに移っていて、さらにその先端は日本に及びつつある。それで石原莞爾なんかは「世界最終戦争」は日米の間で戦われるはずだと予測した。現実にはかれらの予想より早く戦争になってしまったけれども、戦後の状況がそれを別なかたち――とくに経済的なかたちで実現しているとも言えるでしょう。

そういう意味で、ヘーゲルはたしかに東洋から西洋に世界史が展開していくと言い、ヨーロッパに関してはフランス革命とナポレオン戦争の段階でそれが終点に達したと言ったけれども、その先はさらにアメリカから日本へと伸びていき、そこで先端的な闘争があるはずだというヴィジョンが、戦前にはあったわけです。

コジェーヴは、ある意味でそれをポストヒストリカルに変奏しているところがある。つまり、歴史の時代はたしかに西ヨーロッパにおいてクライマックスを迎え、あとはポストヒストリカルな時代だ、その場合、まず、世界がアメリカ的物質主義で覆われるであろう、しかし、さらにもっと先までいくと、世界が空虚な記号の遊戯としての日本的スノビスムに覆われるであろう、と。これはやはり、円環を閉じる思考ですよ。

柄谷　浅田さんの図式だと、それが「子供の資本主義」で閉じるわけだけどね。

浅田　あれはヘーゲル主義のパロディですからね。資本主義はだんだん担い手が若返っていく過程である。最初イタリアあたりで発生した当初は、老人のように超越的価値を半ば信じつつ、言い換えれば金のようなものを床下に貯めつつ、商業資本主義に従事している。それが、英米まで行って、マックス・ヴェーバーの言うように価値を内面化すると、いわば大人となって、すべてを産業資本の増殖のために再投資するようになる。しかし、日本までくると、超越的価値も内面化された価値もなく、ひたすら相対的な子供の遊戯のようなかたちで、ポスト産業資本主義が展開されるというわけです。

柄谷　僕は、それは原理的には正しいと思う。その場合、「日本」とはそうした傾向のシンボルなんです。最初に言ったように、その意味での「日本化」は世界的に進行している。これに対して抵抗することは難しい。それは、かつて「アメリカ化」に抵抗することが難しかったのと同じです。

戦前からヨーロッパ人は「アメリカ化」を軽蔑した。それに関して言えば、ヴァレリーは、ヨーロッパの本質は、精神的な深みとかいうようなものではなくて、テクノロジーにあると考えていました。だからこそ、それは非ヨーロッパで継承・発展させられ、ヨーロッパを追いつめるものとなりうるわけです。ところが、「ヨーロッパ」をいう人たちはつねにアメリカを軽蔑する。日本の「近代の超克」の座談会にしても、アメリカと戦争しているというのに、まったくアメリカを無視している。ただ一人、映画評論家の津村秀夫だけが、アメリカの文化、いや物質文明は、近代精神とは異質であり、ある意味で近代を超えているのではないかと言っています。

浅田　津村秀夫も、結局は日本精神でアメリカ的物質主義に対抗するというバカげた結論に達してしまうとはいえ、映画の専門家だけに、アメリカ的物質主義の力をよく知っていたんですね。

柄谷　そうです。いま、世界中で、日本に対して、かつてアメリカに対してあったのとかなり似たような軽蔑を伴った反発があるんじゃないですか。いままでは単に経済的な浸透だと思ったけれども、それでは済みそうにない。日本の大衆文化が浸透してくるという現象が起こっていると思う。韓国などは、それを公式には排除しようとしているけれども、実は圧倒的に浸透されている。津村は、アメリカニズムは排除できないと言っています。

浅田　物として来るから。

柄谷　そう。それが一種の思想だということに気づかない。逆に、日本人は、物を売っているだけだと思っているけれども、ある種の思想を浸透させているのではないかということを自覚する必要がある。それはいわゆる「日本文化」とかいうようなものではないから、強いんですよ。たとえば吉本ばななががイタリアやアメリカでベスト・セラーになっている。これはやはりそのたぐいのものだと思う。昔のインテリ・タイプだと、それをバカにしますよ、日本でもそうなんだから。でも、ああいうものは防ぎようがない。

浅田　戦後、アメリカ的モダニズムと言っていた、車と電化製品とコカ・コーラからなるアメリカ的生活様式とか、近代建築やモダン・アートとかいうのは、すでに、ポストモダンではないにせよ、コジェーヴの意味でポストヒストリカルだった。つまり、近代精神ではなく、物として、唯物論的なノウ・ハウとしてやってくる。それが冷戦下、五〇年代以後、世界を席巻したのは事実ですね。しかし、テクノロジーが重厚長大から軽薄短小へと言われるような変化を遂げるなかで日本の地位が上がってきて、日本製の物が、ソニーやホンダが日本の会社だと認識されないまでに世界に広がってしまった。さらにそれに乗っかるかたちで、任天堂のゲームなりアニメなりが、アメリカでもヨーロッパでもそこらじゅうに浸透する状況になった。おそらく、さらにそれに乗っかって『AKIRA』から吉本ばななにいたる文化が出ていっている。

これはある種ヘーゲル的な図式を描いていて、戦後、ヨーロッパからアメリカがヘゲモニーを奪ったとすれば、それが部分的に日本に移りつつあるということのあらわれだと言えるかもしれない。ただ、それがそのまま世界に広がって支配的になるかというと、そうではないだろう。アジアでもヨーロッパでも、そういうものに対する反発がすごく強まっているでしょう。たしかに物として入ってくる文化は排除できないけれども、それだけに、それを何とか排除したいという欲望を煽り立てるから、摩擦が強まるわけです。

柄谷　いま、原理主義が栄えているのは、反面から見ると、「アメリカ化」と「日本化」がものすごく浸透してしまっているということだと思う。それを無理やりに排除しないかぎり、やっていけない。

フランスからドイツへ、日本から中国へ？

浅田　ヨーロッパは、ヨーロッパの古きよき文化的伝統でそれに対抗しようとするけれども、結局それは不可能であり、そうこうしているうちに、もっと過激な原理主義みたいなものが、貧しい周縁部から立ち上がってくる。これはそれなりの存在理由があるから、強力に人をつかむんですね。

柄谷　そうですね。ヨーロッパに関して言うと、ECの構想は戦後まもなくからあった。それが急速に現実化してきたのは、アメリカと日本のためです。ヴァレリーの言葉は、七〇年代ぐらいにようやく実感されたわけでしょう。それで、「ヨーロッパはひとつ」という、岡倉天心の「アジアはひとつ」のパロディみたいなものでやってきた。

その場合、ちょっとおもしろいのは、日本で「近代の超克」を主催した『文學界』の河上徹太郎は、一九三三年にヴァレリーが議長になって開いた「知的協力会議」を参考にしているわけです。ただ、河上徹太郎はヴァレリーのやった会議を非常に空疎であると言っている。それは当たり前で、「近代の超克」が開かれた一九四二年（昭和一七年）までにヨーロッパは現実に統一されている——ナチによって（笑）。ヴァレリーにとってのヨーロッパの統一のヴィジョンは、山田広昭が書いていたけれども、やはりフランスによるものだった。それと類推して思うのは、八九年までは、ECは、理念的にはフランス主導でやってきたわけでしょう。

浅田　ドイツは表に出られなかったから、フランスが表に立ってやってきたとも言える。

柄谷　ところがそれがベルリンの壁の崩壊後に、一気に変わってしまった。それまでのヨーロッパ統合が空疎だったというふうになり、わずか何年かの間に、ヨーロッパ統合の理念みたいなものが、フランスからドイツへと動いてしまった。これは戦前に起こったことと類似すると思うんです。現実のレヴェルでフランス中心からドイツ中心へ移ったということでしょう。

アジアの文脈で言うと、岡倉天心は、インドで『東洋の理想』を書いた。仏教的な理念と美術の面で「アジアはひとつ」と言ったけれども、アジアという世界の同一性を言ったときには、やはり中国とインドが出てくるでしょう。とくに、中国は、戦後、世界構造の一極としての地位を放棄したし、ただの後進国だということを自ら認めてしまったけれども、今後はわからない。来世紀にかけて中国がヘゲモニーを握っていく可能性もあると思いますね。

浅田　良くも悪くも、ヨーロッパ圏でドイツのヘゲモニーが経済的にも文化的にも拡大してきている。アジア圏に関しては、日本は圧倒的な経済的ヘゲモニーをもっているけれども、中国もそれこそ年率一〇%を超える勢いでGNPが成長しているし、とくに政治的・文化的なレヴェルでは日本はどう見てもリーダーシップをとりにくい状況にある。いずれにせよ、ヨーロッパ圏やアジア圏がアメリカ圏との対抗上アイデンティティを模索しつつあるとしても、それぞれのなかであまりにも多様な要素があって矛盾をはらんでいるがゆえに、まとまりようがない。むしろ、まとまりようがないことがいいのだとも言えるわけです。

柄谷　そうですね。

浅田　そうやって大きい国と国が対立している間に、ヨーロッパで言えば、ベネルクス諸国やオーストリアといった小国が漁夫の利を得ていたりする。あるいは国の単位を超えて、旧地中海商圏やハンザ商圏などといった都市のネットワークが、活力を取り戻しつつあったりする。そちらのほうが、ヨーロッパならヨーロッパの実態だと思います。

アジアの場合もたぶんそうでしょう。日本がヘゲモニーをとるか、中国がヘゲモニーをとるか、そういうことはたしかにあるかもしれない。しかし実際は、たとえば香港は中国なのかどうかも疑わしい、むしろシンガポールなどと網目状にネットワークを張り巡らせて、それが経済的な強みになるわけです。そういう実態に即して推移していくだろうという気はしますね。

柄谷　僕が言った「中国」とは、国家ではなく、むしろ漢民族の意味です。大陸の中国は分裂してかまわないわけで……。

浅田　『三国志』ですね。

柄谷　もっと細かく分かれるかもしれない。ただ、そういう状況に慣れているのが「漢民族」ですね。あれはネーション（国家＝民族）ではないし、むしろネーション形成に抵抗するものです。

浅田　あまりにも自信があるから、ナショナリズムなどなしで、どこへ行っても親族関係だけでやれる。

柄谷　マレーシアのマハティール首相が提唱している〝大東亜共栄圏〟構想などは、やはり漢民族的なものではないかな。かれ自身は漢民族ではないとしても。

浅田　いずれにせよ、世界資本主義が、とくに新しいエレクトロニクスに支えられて、世界をリアル・タイムのネットワークで包み込んでしまおうとしている。同時にヨーロッパとかアメリカとかアジアとかが広域圏をつくったり、あるいは、もっと小さいエスニックなまとまりができたりするけれども、もともとそれは世界資本主義に対抗したある種の現象であり、また、それだけではもたないから、結局、すべて絡みながら動いていくとしか言いようがないでしょう。

それにしても、世界資本主義は、市場の「見えざる手」によってすべての矛盾を解消していくかというと、おそらく逆で、ありとあらゆるところに不均衡と新しい階級分化みたいなものを生んでいくだろう。それに対抗するのは、非常に古いものをリサイクルした原理主義的な理念のようなものしかなくなっているという、たいへん困難な状況だと思います。ヨーロッパの理念とかアジアの理念とか言っても、もう無理でしょう。

世界史と理念

柄谷　無理です。ヘーゲルは多数的に出来事として起こってくるものを、ひとつのパースペクティヴのなかに全部入れようとする。世界史がひとつというのは、もともと無理なわけです。無理なものを無理に統合しているだけだから、それが露出したら崩壊したように見えるけれども、はじめから無理なことを言っているだけのことです。ああいう「世界史」は、ロマン派以来の美学的な統合の形式にすぎないと思います。

浅田　いかに歴史を物語るかという説話論的な問題ですね。とにかくいちおう全部終わったことにして、そこから振り返ったときに、すべてなるべくしてなったかのように美しい「大きな物語」を語ることができる、と。今起こっていることを「歴史の終わり」と呼ぶとすれば、それは、そういう物語がもはや意味を失ったということでしかないわけです。また、それは理念の問題でもあります。旧社会主義圏が崩壊し、社会主義の理念もそれに対する批判も意味を失うなかで、資本主義の現実だけが世界を覆い尽くそうとしている。「歴史の終わり」というのは、むしろそういう理念の不在を指しているのだとも言えるでしょう。

柄谷　そうですね。ただ、「理念」という言葉自体を考え直さないといけないと思うんです。たとえば、カントにおいて、理念とは仮象です。しかし、人間は理念なしに生きていけないし、また理念はレギュラティヴ（統整的）な作用として働く、と言っている。たとえば、物理学者は自然界が数学的な構造をもっていると思っています。それは理念であって、いわば神がこの世界をつくったからだという信仰と同じです。しかし、こういう理念はけっして証明できないが、事実として、発見的に機能するわけです。歴史の目的論もそういう「理念」であり、したがって仮象です。カントがこういうことを言うのは、われわれが構成する「現象」（いわゆる客観的世界）のなかにけっして入らない「物自体」があると考えるからですね。せいぜいそれは「理念」として想像的につかまれるほかない、と。

　ところが、「物自体」を捨ててしまったヘーゲルは、理念的なものは現実的であり、現実的なものは理念的であるということにしてしまった。世界史で起こったことはすべて理念の実現であるということになる。そうすると、ヘーゲル的に言えば、現実の共産圏の崩壊は、共産主義という理念の崩壊だということになってしまうわけです。しかし、カント的な意味での理念は、崩壊するもなにも、もともと仮象なのだから。

浅田　統整的なものであるはずの理念を構成的なものと考えて、それをむりやり実現しようとしたあげく、そのような現実が崩壊すると、理念も崩壊したかのように考えてしまう。カント的に言えば、それは誤りなんですね。

柄谷　しかも、フクヤマのようにヘーゲル的に考えれば、そうした事態そのものがまた、べつの理念の実現であり、世界史は、自由と民主主義の理念の実現によって終わるということになる。僕が斥けたいのは、こういう思考なんです。

いわゆるマルクス主義は結局はヘーゲル主義の延長であって、理念は実現できるという考えでした。しかし、マルクス自身はちがう。あれほど書いていながら、共産主義はどういうものかについて語っていない。むしろ、未来について語るのは反動的だ、とさえ言っている。『共産党宣言』と『ゴータ綱領批判』くらいでしょう、いくらかでも未来について書いたのは。

浅田　それにしたって、タイトルの通り、他人の作ったプログラムへの批判ですからね。共産主義というのは、いつか達成されるべき理想状態ではなく、いまここの現状を乗り越えてゆく現実的な運動なんだという『ドイツ・イデオロギー』での宣言を、マルクスはおおむね守りつづけるわけです。

柄谷　そうですね。歴史は、かれにとって、カントの言う「物自体」であって、けっして人間がつかめないものです。それを想像的につかもうとすると「理念」になる。それは仮象です。しかし、理念としての共産主義は、それによって現実を構成すべきものではなくて、統整的に働くかぎりにおいて不可欠である。その意味で、マルクスは共産主義者だったと思います。

浅田　その意味では、共産主義の理念で現実を構成しようとするからスターリン主義になってしまったので、それは統整的な理念だとみるべきだったんですね。

柄谷　そうですね。自由主義だって同じことです。ハイエクの言うような自由主義というのは理念なんで、けっして実現されないものです。たとえば、レーガン主義者はハイエクをかついだけれども、「強いアメリカ」などと言うのは、ハイエクの言う自由主義とはほど遠いしろものですよ。もっとも、マルクスがスターリン主義に責任があるというのなら、ハイエクもレーガン主義に責任がありますが。そういうのは、しかし、基本的に誤解です。

たとえば、ハイエクが社会福祉に反対する大きな理由のひとつは、移民が来たときに、前からそこに住んでいる人がそれだけの理由で社会福祉をもらっていて、新しく来た移民をその対象から排除するのはおかしいということです。すべて対等に扱うべきである、つまり、外から人がどんどん来て、前からいた人と同じ条件でやるべきであるという考えなのです。しかし、今どこの国でも、社会福祉はそこに生まれた人間の特別な権利であるかのごとくやるでしょう。レーガン主義のように福祉政策を否定するにしても、強いアメリカというときには、やはりアメリカ人の特権が出てくる。ハイエクの場合だと、アメリカ国家なんて考えていない。あれはアナルコ・キャピタリズム（無政府資本主義）ですね。

浅田　最終的には、世界が統一的なひとつの市場に覆われ、だれもが自由に競争するというヴィジョン――そんなものがそのまま実現するわけはない。ただ、そういう理念なしにはやれないというのが、ハイエクの考え方ですね。

内に向けての民主主義＝外に向けてのナショナリズム

柄谷　実際、いま保護主義的な動きが出てきているときに、それに反対する作用として統整的に働くものは、やはり自由主義の理念でしょう。実現されないが、そういう理念なしにはやっていけないんです。現実には、自由主義が共産主義に勝利したとかいうその時点から、自由主義否定が始まっている。現にアメリカのクリントンだって自由主義否定ですよ。民主主義的ではありますが。

浅田　カール・シュミットが自由主義に対置した意味での民主主義が出てきているんですね。国民がみんな平等に社会福祉を受けるというように。

柄谷　それは国内向けなんで、移民をどんどん受け入れていくという自由主義的な発想には反対です。

浅田　ハイチからの移民はさっそくお断りになった。公約違反ですけれども。

柄谷　アメリカが移民に門戸を閉ざすということは、戦前の場合でも、ものすごく大きな現象だった。ヨーロッパでファシズムが起こったのは、アメリカが移民を制限したからだとさえ言える。

浅田　日本もそうですよ。前に柄谷さんも言われたように、石川啄木のいう「時代閉塞の現状」の元凶のひとつはアメリカの移民制限です。文字通り「閉塞」した（笑）。

柄谷　日本人は外に出ていかないなどというのは嘘で、明治のころはどんどんアメリカに渡っていた。ところがアメリカが移民を制限した。それから急に反米になったわけです。そして、満州に向かった。今だって、アメリカが本当に保護主義をとったら、そのことだけで世界の経済が崩壊してしまうでしょう。たぶん、そこまでいかないとは思うけれど――アメリカの「理念」が統整的に働くから（笑）。しかし、他の国、とくに日本では、そういう理念は稀薄ですね。

浅田　共産主義という理念がスターリン主義的にドグマ化されたあげく崩壊し、他方、自由主義が勝利したかに見えて、しかしそのとたん、自由主義的原理がすべての矛盾の責任を負わされることになり、それに対していま非常に反動的な方向に向かっていると思う。各々の国や共同体が、内部では民主主義的に社会福祉なり何なりをやるけれども、外部に対しては排外的に動く。それを開くものはある種の理念しかないということを思い出さないといけない。

柄谷　そうですね。民主主義は確実に勝利しつつある。なぜかというと、内に向けての民主主義は外に向けてはナショナリズムだから。

浅田　大正デモクラシーがすでに、一面では、アジア侵略の成果をみんなで山分けしようという民主主義ですからね。

柄谷　大正デモクラシーは、日露戦争の勝利のあと分け前が少ないことに抗議する大衆運動からはじまっている。デモクラシーというのは文字通り「大衆の支配」ですから、大衆が支持しさえすればいいんで、各々の国内で勝手にやれるわけでしょう。この民主主義的ナショナリズムを理念的に統整する原理が、自由主義だと思う。マルクスの共産主義も本当は自由主義とつながっている。

たとえば、マルクスが『共産党宣言』を書いた時期のヨーロッパの共産主義者というのは、アナーキストです。ナショナリスト=民主主義者はいない。だからインターナショナルなんですね。それが変質してくるのは、一八七〇年代以後、ドイツの社会民主党が強くなってからです。それは、ビスマルクの国家主義に対応したものです。社会民主党というのは、後に共産党と名前を変え、今また社会民主党に変えたわけだけれど、どちらにせよ、国家を基盤にしているものだから、インターナショナルであるはずがない。

浅田　そのことは、第一次世界大戦に際して、インターナショナルだと称していた社会民主党がなだれをうって愛国主義に走ったときから、すでに明白でしょう。今さらそんなものに可能性を見いだせるわけがない。しかし、日本でも、共産主義者と言ったって、結局はほとんど社会民主主義者だったんですね。

柄谷　浅田さんと一緒に『季刊思潮』と『批評空間』で戦前の日本批評史の検討（『近代日本の批評』全三冊・講談社文芸文庫）をやったときに思ったのは、大正リベラリズムだとか言っても、読んでみるとリベラリストでないということです。みんな民主主義的国家主義者でしかない。そのなかで本当にリベラルな人物がいた。石橋湛山です。かれは経済学的にも自由主義経済学者だから……。

浅田　植民地を持つのは不合理だ、と。

柄谷　大正初期に台湾も韓国も独立させよと主張したし、戦争中でも闘いつづけている。いちばん闘ったのは、そういう少数の自由主義者なんですよ。民主主義者はみな国家に吸収されるようになっている。民衆の言ってることを支持しなければいけないし、民衆を助けなければいけないしで、どうしても国家に吸収されるんです。他方、石橋湛山は、単なる自由主義者だと言われてきたけれども、単なる自由主義者が日本にどれだけ少ないか。その意味で言うと、今後の日本でも、いちばんラディカルなのは、「単なる自由主義者」だと思いますね。

浅田　結局、大衆なり共同体なりの側につくという場合、右からでも左からでも同じことなんですね。ある段階で左翼的にそういうことを言っていた人が、民衆がナショナリスティックになれば、それに同調して右翼的になるのは当然だし、そういう回路からずれているのが自由主義者だとすると、そういう自由主義者しか闘いつづけられなかったというのも、また当然でしょう。

柄谷　「近代の超克」の論者たちが批判しているのは共産主義ではなく自由主義です。つまりアングロサクソン的自由主義こそ敵である、と。そこにはさっき言ったようなアメリカに対する軽蔑みたいなものも重なっていると思います。しかし、僕はアメリカの自由主義の伝統を否定したことは一度もない。いざとなったらやはりアメリカに亡命するしかないと思っているくらいでね（笑）。今後いかにアメリカが変わっても、なお日本よりは絶対にましだろうと思っています。

「ホンネ」の共同体を超えて

浅田　とくに、日本の場合、非常に問題だと思うのは、理念はタテマエにすぎず、恥ずかしくて人には言えないはずのホンネを正直に共有することで、民主主義的な、いや、それ以前の共同体をつくってきたということです。だから、そもそも自由主義にせよ共産主義にせよ、そういう理念を軽視する面があったところへ、それも壊滅したのだから、もうみんなホンネでいこう、そこで居直ったほうが勝ちだ、という空気が非常に強まったと思うんですね。もちろん、旧左翼の現実離れした理想主義のタテマエ論は批判すべきものだけれども、それがあまりにもくだらないがゆえに、右翼が現実主義的と称するホンネを唱えると、そちらのほうが多少とも魅力的に見えてしまう。新左翼だったはずが右翼になっていた旧全共闘世代が、だいたいそういうパターンでやっているわけでしょう。しかし、今はむしろ新しい理念が求められているのであって、崩壊した旧左翼を批判しても死馬に鞭打つようなものだし、自己満足にひたる大衆のホンネを肯定することにしかならない。実に不毛な状況ではありますね。

しかも、そういうホンネ主義みたいなもの——あらゆる理念がつい え去ったのであってみれば、もうホンネに居直るしかないという気分は、日本のみならず世界中で今いちばん支配的なイデオロギーになっていると思う。ほんとうは共産主義がスターリン主義的に形骸化した時期からそうだったのだけれども、それが旧ソ連崩壊で露骨に目に見えるようになってしまった。旧共産圏は完全にそうなってしまっているし、旧西側も同じような状況になっている。こういうシニカルな居直りこそが現代の支配的なイデオロギーであって、これを批判できるのは、ある種の理念しかないでしょう。

柄谷　たとえば、カントの『純粋理性批判』はふつう形而上学批判の書だと思われていますが、序文に、いま形而上学は評判が悪くてだれも見向きもしないと書いてある。したがって、かれがやったのは、ある意味で、形而上学の回復なんですね。むしろ、それが「批判」（吟味）ということです。それはいま共産主義の理念をだれも見向きもしないということと対応していると思う。だから、二百年の差があるけれど、もう一度徹底的に「批判」を反復する必要があるのではないかと僕は思っています。

浅田　とくに日本の文脈で言うと、事実上、スターリン主義批判さえやっていればよかった時期があった。原理的にはそんなくだらないものを批判しても仕方がないとはいえ、少なくともそれが一定の力をもっていたときには、その批判にも多少は意味があったかもしれない。ところが、いまやそれも崩壊してしまった。となると、大衆は豊かになってみんな中流だと思っているからそれでいいではないかという現状肯定以外に何も残らない。これが現在のイデオロギー状況ですね。おそろしいほどの貧困だけれども……。

柄谷　そうですね。もう一度、丸谷才一の『女ざかり』に関して言うと、彼は日本文学は純文学や私小説のために貧しくなってしまったと言っている。純文学は通俗性を排除するが、自分は通俗性にあえて近づこうとして『女ざかり』を書いた、しかしやはり、おもしろいということになると通俗だという批判が返ってくる、などと言っているわけです。

しかし僕は、あれこそ典型的に通俗的であると言った。なぜなら、もはや純文学といえるようなものはないし、もともと私小説家というのはめったにいないからです。私小説家というのは、ほとんど病気です（笑）。どんなに「私」について書いても、それは虚偽にならざるをえない。だから私小説はほとんど不可能性の小説であり、それにとり憑かれるような人がいたら、むしろ珍重すべきなんです。

いまの文壇というのは、純文学でも何でもなくて、単に文学賞の分配機構でしかありません。松山で坊っちゃん文学賞、金沢で泉鏡花賞といったぐあいに、地方でも文学賞をやたらとつくってカネをばらまいている。これは、地方自治体に対するカネのばらまき（贈与）によって成り立っているわけです。しかも、これもごく近年の現象であって、それはまさに今日純文学なんてものはないということのあらわれにほかならない。にもかかわらず、丸谷才一本人は純文学と闘っているつもりなんです。といっても、いない相手と闘っているから、一方的に勝ちつづけている（笑）。しかもそれを読むところの中産階級がいて、また勝利を確認している。それがいまの現象でしょう。全共闘世代の連中にしても、みんないまだにスターリン主義と闘っているつもりなんです、相手はだれもいないのに。

浅田　硬直したとはいえ左翼エリート文化というふうなものがあるとすれば、それと闘う意味もあるかもしれないけれど、そんなものはまったく壊滅してしまったんだから、敵がいないところで闘うポーズをとれば勝利するのは当然ですよね。それは結局、大衆の自己満足の肯定以外の何物でもない。

柄谷　そう、かなり日本的な特徴ですよ。これはとくに日本で目だつ現象ですね。

つまりインテリを批判することが日本のもっとも典型的なインテリの身ぶりになった。僕がそういうことを考えたのは八〇年代半ばのことです。インテリが大衆文化を無視するのはおかしいといった批判をインテリが言う。思うに、あのときから浅田さんはいわば知識人の道を歩みだしたわけです（笑）。僕もそうなんで、こんなことなら自分は知識人になろうと思った。

浅田　吉本隆明や鶴見俊輔は、知識人は大衆から遊離してしまっているから自己を否定して大衆存在につかねばならないと主張し、全共闘世代がそれに追随した。しかし、よく考えてみたら、そもそも大衆から遊離していると言えるほどの知識人なんてほとんどどこにもいなかったんで、知識人も大衆の一部にすぎない。にもかかわらず、大衆から遊離した知識人のふりをしたうえでそのような自己を否定するのがもっとも知識人的なポーズだということになる。ばかばかしいと言うほかありませんね。いわゆる「ニュー・アカデミズム」の流行は、それを最終的に完成したもので、それについて僕にも責任の一端があることは否定しませんけれど、それを広めたのはむしろ旧全共闘世代とそれに連なる連中でしょう。

柄谷　それは、あなたのいう「子供の資本主義」の問題と関係している。だからそうした現象は、日本で最も極端に露出したけれど、多かれ少なかれ世界的に起こっていると思う。

しかし、アメリカに関して言えば、大学は頑固にアカデミックであって、逆に、かれらが言っていることは、大衆には何の影響力もないけれどね。この対論シリーズ（『SAPIO』に断続的に掲載され、一部は『「歴史の終わり」と世紀末の世界』〔小学館〕→『「歴史の終わり」を超えて』〔中公文庫〕にまとめられた。サイードとの対論もそこに収録されている）のなかで、サイードが知識人がいなくなっていると言っていますが、それは僕も感じるんです。アメリカの大学教授はインテレクチュアルだと思っているけれど、僕が考えている「知識人」というのは違う。たとえば、サイードやジジェクは知識人だと思う。サルトルは知識人だし、フーコーも知識人ですね。知識人は、自分でなりたくてなるものではないと思う。必然的に何か言わざるを得なくなってくる立場にいる人でしょう。だからそんなにたくさんいるはずがない。

しかし、僕はアカデミズムの「象牙の塔」というのは別に悪くないと思うんです。日本にはつねに「象牙の塔」批判しかなかった。明治以来、「象牙の塔」批判をしている。「象牙の塔」は「象牙の塔」でいいではないかと言っている人は、日本にはほとんどいません。単に自分を脅かすものを排除するときに、あの論文は注が少ないから学問的ではないとか言うだけです——僕なんかはいつもそれでやられていますが（笑）。しかし、そうやって人を批判するときだけ「象牙の塔」なんで、本質的に「象牙の塔」をつくるほどのアカデミズムは日本にない。だからアカデミズムはもっと徹底的にアカデミックでなければいけないとつねに思っています。

浅田　さらにそこからずれるものとして、ある種の知識人が出てくる。

柄谷　そう、たとえば夏目漱石は知識人だったと思う。日本にかぎらず、知識人と言うべきものは、そんなに数多くいない。大学の教師だから知識人だなどと思ってもらっちゃ困る。「知の頂きから非知へ静かに着地する」（吉本隆明）とか言うけれど、知の頂きになどだれも達していない。

浅田　非常に低いですよ、日本の「象牙の塔」は。

柄谷　だいたい、「知」に頂きはないし、「非知」はいわば「物自体」のようなものだから、着地するわけにはいかない。だから、「非知」という字にボケというルビをふった人は正しい（笑）。

「露悪趣味的共同体」から「偽善的社会」へ

浅田　現実には「象牙の塔」は大衆化によって解体され、知的権威に対するタテマエ批判がマス・メディアを通じて広まってしまった結果として、非常に単純なホンネ主義が社会全体を覆い尽くしたというのが、最近の日本の状況だと思います。世界的には、逆に、だからこそ理念が必要だ、ということになってきてはいる。ヨーロッパでは自由と人権の理念を復活させなければいけないとか、アメリカではマイノリティの権利を擁護しなければいけないとか、もちろんそれぞれに批判すべき点が多々あるとはいえ、一時はダサくて言うのも恰好悪かったようなことを、やはり真面目に言わないといけないという気分が広まってきてはいるんですね。ところが日本では依然として、あらゆる理念はダサい、ホンネでいってなにが悪いという気分が圧倒的に強い。

柄谷　夏目漱石が、『三四郎』のなかで、現在の日本人は偽善を嫌うあまりに露悪趣味に向かっている、と言っている。つまり、理念を言うと偽善になるから、偽善になるより正直に悪でいたほうがいいというふうになる。これは今でもあてはまると思う。むしろ偽善が必要なんです。たしかに、人権なんて言っている連中は偽善に決まっている。ただ、その偽善を徹底すればそれなりの効果をもつわけで、すなわちそれは理念が統整的に働いているということになるわけでしょう。

浅田　理念は絶対にそのまま実現されることはないのだから、理念を語る人間は何がしか偽善的ではある……。

柄谷　しかし、偽善者は少なくとも善をめざしている……。

浅田　めざしているというか、意識はしている。

柄谷　ところが、露悪趣味の人間は何もめざしていない。

浅田　むしろ、善をめざすことをやめた情けない姿をみんなで共有しあって安心する。日本にはそういう露悪趣味的な共同体のつくり方が伝統的にあり、たぶんそれはマス・メディアによって煽られて強力に再構築されていると思いますね。

柄谷　たとえば、日本の政治家が世界政治のなかで発言するとき、そこに出てくる理念性は非常に弱い。ホンネを言ってしまっている。実質的には日本が金を出してすべてやっているようなことでも、ほとんど口先だけの理念でやっているほうにつねに負けてしまう。日本の国内ではホンネを言って通るかもしれないけれど、世界のレヴェルでは、理念的にやらないかぎり、単に請求書の尻拭いをする成金というだけで、何も考えてないバカ扱いされるに決まっていますよ。

浅田　そのときに日本人がもてる普遍的理念というのは、結局は平和主義しかないと思いますね。僕はヘーゲル主義はとらないけれども、しかし向こうがヘーゲル主義でくるのであれば、こちらはそれを逆手にとって言えるはずです。つまり、世界史の先端はヨーロッパからアメリカを経て日本まできてしまった。その最終段階で、日本は、核を使った戦争、その意味で最終戦争の先取りであるような戦争を体験し、その後で憲法上戦争を放棄した。これはほとんど近代国家としての自己を否定したに等しいポストヒストリカルあるいはポストモダンな憲法なんで、これを超える世界史的理念はまだない。しかも、その理念はいわば下部構造に支えられているわけで、軍産複合体を中核とする米ソの経済がともに進化の袋小路に入った恐竜のように後退してゆくなか、民生部門に集中することで高い効率性を実現した日本の経済は、とくに電子情報段階に入って世界をリードしつつある。とすれば、本来はその理念でやるしかないし、やれるはずなんです。

柄谷　憲法第九条は、日本人がもっている唯一の理念です。しかも、もっともポストモダンである。これを言っておけば、議論において絶対に負けないと思う。むろん実際的にやることは別だとしても、その前にまず理念を言わなければいけない。自衛隊の問題でも、日本は奇妙に正直になってしまう。自衛隊があるから実は憲法九条はないに等しいのだとか、そんなことを言ってはいけない。あくまで憲法九条を保持するが、それは自衛隊をもつことと矛盾しない、と言えばよい。それで文句を言う者はいないはずです。アメリカだって、今までまったく無視してきた国連の理念などを突然振りかざしてくる。それが通用するのなら、何だって通用しますよ。ところが、日本では、憲法はアメリカに無理やりに押しつけられたものだから、われわれもしようがなく守っているだけだとか、弁解までしてしまう（笑）。これでは、アジアでやっていけるわけがないでしょう。アメリカ人は納得するかもしれないけれど。

浅田　実際、アメリカに現行憲法を押しつけられたにせよ、日本国民がそれをずっとわがものとしてきたことは事実なんで、これこそわれわれの憲法だといってまことしやかに大見得を切ればいいわけですよ。それがもっとも先端的な世界史的理念であることはだれにも疑い得ないんだから。

柄谷　ヘーゲルではないけれど、やはり「理性の狡知」というのがありますよ。アメリカは、日本の憲法に第九条のようなことを書き込んでしまった。

浅田　あれは実は大失敗だった。

柄谷　日本に世界史的理念性を与えてしまったわけです（笑）。ヨーロッパのライプニッツ・カント以来の理念が憲法に書き込まれたのは、日本だけです。だから、これこそヨーロッパ精神の具現であるということになる。

浅田　京都学派風に言うならば、「近代の超克」は最終戦争後の平和憲法の理念において完成された（笑）。あれを超える理念はない。しかし、もちろん現実の問題はあるわけで、そこは偽善的に運用していっていいんです。とにかく、まずは理念を言わなければならない。しかも、幸い今の日本にはそれに裏付けを与えるだけの経済力もあるわけですからね。経済が破綻して、武器輸出に狂奔し、世界中に紛争の火種をまいている国連の安全保障理事会の常任理事国なんかに引け目を感じる理由なんて、本当はないんです。

柄谷　日本人は異常なほどに偽善を嫌がる。その感情は本来、中国人に対して、いわば「漢意《からごころ》」に対してもっていたものです。中国人は偽善的だというのは、中国人は原理で行くという意味でしょう。中国人はつねに理念を掲げ、実際には違うことをやっている。それがいやだ、悪いままでも正直であるほうがよいというのが、本居宣長の言う「大和心」ですね。それが漱石の言った露悪趣味です。日本にはリアル・ポリティクスという言い方をする人たちがいるけれども、あの人たちも露悪趣味に近い。世界史においては、どこも理念なしにはやっていませんよ。

浅田　むしろ、言葉の闘いでリアル・ポリティクスに勝っている連中がいる。

柄谷　それがいちばんリアルなんですよ。戦争は軍事から経済に移ったと言うけれども、戦争はいつも言葉の戦争です。実際、日本史を見ても、つねに理念の争いをしているわけです。明治維新でも、天皇を握ったほうが官軍で、そうでなかったら賊軍になり、それで決着がついてしまう。リアル・ポリティクスと言うけれども、それは、実は理念において争うことです。

浅田　それなのに、軍事力とか経済力とか、量的にはかれる力だけがリアル・ポリティクスを動かしているんだと思ってしまう。

柄谷　ヘゲモニーという概念は、グラムシが言うように、軍事的・物理的なものではなくて、文化的な問題です。世界のヘゲモニーは、経済的・軍事的な力と必ずしも対応していない。つまり、どういう理念を出せるかということにあります。しかし、日本では、それはタテマエにすぎないと言って片づけてしまう一種の「唯物論」がつねに勝っている。

浅田　日本社会はホンネとタテマエの二重構造だと言うけれども、実際のところは二重ではない。タテマエはすぐ捨てられるんだから、ほとんどホンネ一重構造なんです。逆に、世界的には実は二重構造で偽善的にやっている。それが歴史のなかで言葉をもって行動するということでしょう。

柄谷　偽善には、少なくとも向上心がある。しかし、人間はどうせこんなものだからと認めてしまったら、そこから否定的契機は出てこない。自由主義や共産主義という理念があれば、これではいかんという否定的契機がいつか出てくる。しかし、こんなものは理念にすぎない、すべての理念は虚偽であると言っていたのでは、否定的契機が出てこないから、いまあることの全面的な肯定しかないわけです。

浅田　理念に基づく闘争としての歴史が終わったのだとすればそれでもいいかもしれないけれど、幸か不幸か、歴史は終わるどころか再開されたと言ったほうがよく、現実に理念や言葉をめぐる世界史のゲームがどんどん展開されている。にもかかわらず、日本だけが、すべての理念がついえ去ったあとの、閉じたホンネの自己肯定に終始しているとすれば、歴史から取り残されるし、実際そうなりつつあると思います。何しろ戦後の四五年間、言葉らしい言葉をしゃべらずにきたので、なかなか急には無理かもしれないけれど、それなしでは済まないという意識はもちたいと思いますね。

柄谷　ニーチェは「最後の人間」とか「末人」とか言ったけれど、僕は人間の大半は最初から「末人」だと思う。したがって、人間が人間であるのは、その状態を乗り越えることにある。いつでも、差異なり矛盾なりがあれば、必ずそれを意識して異議を唱えるような行為があるだろうと思うんです。だから、昔はほんものの人間がいたとか、今後はみな「末人」になるだろうとか、そういうふうには思いませんね。結局のところ、人間は構造のなかで生きているかぎり「末人」なんでしょう。自分の意思で行動しているつもりでも、実は構造に動かされている。それが根本的に変わるわけではない。しかし、そのことを意識することはできるし、それをきっかけとして構造からずれて行くこともある。だから、来るべきものとして「末人」を語るのは間違っていると思います。

浅田　そして、幸か不幸か、差異や矛盾は絶対になくならない。とすると、それをきっかけに構造からずれていく人間が絶対にいるはずなんですね。

柄谷　数多くはないだろうけれど、そういうものをあてにすることでしかものを書くことはできないですね、年をとってくると（笑）。

浅田　いや、言葉を紡ぐというのは、原理的にそういうことなんだと思いますね。

（初出『ＳＡＰＩＯ』一九九三年六月一〇日号、六月二四日号「「歴史の終わり」と世紀末の世界」改題）

歴史の終焉の終焉

黄禍論につながりかねない欧米人のねじけた感情

浅田　一年ほど前に『SAPIO』で柄谷さんと話をして、それは『「歴史の終わり」と世紀末の世界』（小学館）→『「歴史の終わり」を超えて』（中公文庫）にしめくくりとして収録されているわけですけれど、あれから大分たったことでもあり、柄谷さんは今年（一九九四年）は最初の数か月をアメリカで過ごされたことでもあるので、その後の変化も含め、あらためてお話をうかがいたいと思います。

柄谷　僕は定期的にアメリカで教えているのですが、今回は一年半ぶりでした。大して時間が経っていないにもかかわらず、今度強く感じたのは、アジア全体の経済的な成長がすごく大きく見えてきているということですね。日本人に限らず、中国人からインド人に至るまで、アジア系が自信を持っている。それに対して欧米人が自信をなくして妙にねじけた感情を持ちはじめている。それはかつてなかったことです。

浅田　そうですね。資本主義が世界を覆い、しかし全体として停滞しているなかで、アジアだけが成長を続けている。それは、欧米型の自由主義に即してフェア・プレイをするのではなく、アジア型の共同体主義を利用していわばズルをしているからではないか。そういう空気が欧米に広がってきて、黄禍論につながりかねない状況だと思います。前回、社会主義圏に代わるターゲットとしてイスラム圏が出てきているという話をしましたが、アジア圏のほうがもっと実質的な脅威とされているかもしれませんね。それこそまさに「文明の衝突」ですよ。

柄谷 実際、これは最近の大きな変化です。中国人の専門家に聞くと、中国の高度成長は三年前にはまったく予想できなかったと言っていました。まして、インドまでが経済成長を始めるなんて、誰が予想し得たか（笑）。

浅田 中国もインドも大きすぎるから全体が良くなるとは思わないけれども、部分的には高度成長を遂げるでしょう。中国の沿海部なんて、急成長中ですからね。

柄谷 それに国内市場をいくらでも開発できるでしょう。中国では人口の大移動が起こっているわけですね。六〇年代の日本でも農村から都市への大移動が起こった。それに輪をかけたような大移動が中国で起こっている。なにしろ人口が十億を超えるから一千万単位で移動してもそう目立たないんですね（笑）。

浅田 スケールが巨大すぎるから、環境汚染なんかは大変ですけどね。

柄谷 そういう環境問題も含めて、アジアの突出が問題になる。それが特に問題になるのは、世界全体の停滞が深まっているからです。前回、今の状況が六十年前の一九三〇年代に似ていると言ったし、事実そうなんだけれども、さらにもう六十年前、一八七〇年代から特に八〇年代を考えてみるといいんじゃないか。あそこで出てきた条件というのは資本主義国の慢性不況ですね。それで資本の輸出が始まり、それが帝国主義につながっていく。また、それとの関連で黄禍論が出てくる。それと今の状況とはよく似ていると思うんです。

浅田　資本主義が世界化して飽和するということが、新たな段階で反復されているんでしょうね。

柄谷　一八八〇年代だとマルクスがまだ生きていて、一般的利潤率の低下ということを言っている。それから、エンゲルスやニーチェも、エントロピーの問題を取り上げていて、宇宙が熱死に向かうというようなことを言っている。もう先がないという感じなんですね。

それに比べて、一九三〇年代というのは非常に危機的に見えるけれども、むしろ大きなブレークスルーがあったと思うんです。

浅田　そうですね。一九世紀末の停滞を打ち破る方法がいろいろな形で提案され実行される。

柄谷　たとえば、一九三〇年にケインズが『貨幣論』を書いている。貨幣を除外していた（新）古典派の経済体系の中に貨幣を入れてきて、それを梃子に経済に介入するわけです。

浅田　それまでは、貨幣はリアル（実物的）なレヴェルでの諸商品の相対価格体系をノミナル（名目的）に表示するだけとされていたのが、それ自体ひとつの商品として繰り込まれてくることで、リアルな経済に影響を与えることになる。

柄谷　それで、ケインズ政策によって経済をいわばヴァーチュアル・リアリティとして作り替え、大量生産・大量消費のサイクルに誘導してゆく。資本主義の危機の下で、それを超える認識と処方箋を作りだしたわけです。正確には、ケインズが新しいシステムを作りだしたというよりも、資本主義がそういう自己創出的なシステムであり、勝手に現実を作り出しているのだということを認めたということでしょうけれどもね。それで六十年間やってきたわけです。

浅田　ケインズ政策、そして本当は特に戦争によって、資本主義は危機を脱し、戦後は高度成長を実現することができた。それも、しかし、一九七〇年頃には限界に達し、今やいよいよ大きな転換点にさしかかっているわけですね。

柄谷　それはほかの領域でも同じでしょう。数学では一九三一年にゲーデルが「不完全性定理」を発表している。自然数に関する命題を自然数で表すという手法によって、自然数論の不完全性を示したわけです。それはコンピュータの原理とつながっているわけで、ゲーデルやチューリング、そしてフォン・ノイマンらは、この時期にコンピュータの原理を限界まで考えてしまっている。要は、自己言及的システム、したがって自己組織システムを考えるということで、原理的にはケインズがやったこととも通じると思うんです。

　それ以外のところで大きな進展があったとしたら、分子生物学だと思うんですが、そのエッセンスも遺伝情報の自己複製システムということで、それがゲーデルのシステムと同型だということは、ホフスタッターが『ゲーデル、エッシャー、バッハ』(白揚社)で明快に示していますから。

浅田　情報科学や生命科学も一九三〇年代に作られたパラダイムの延長上でやってきたのだとして、見かけの発展にもかかわらずそれが原理的にはもう飽和しているのだとしたら、今はたいへんな転換点だというべきでしょうね。しかし、それがいちばんはっきりしているのは経済の領域でしょう。

柄谷　そう、ケインズ主義ではダメなんですよ、この状態を突破するには。一九三〇年代の危機というのは、一九世紀末の資本主義の緩慢な死ということの帰結だったと思うんです――両次大戦も含めて。その一九三〇年代のブレークスルーがあってなんとか続いたけれども、いよいよそれも限界に来て、ある意味で一九世紀末と同じような状況に追い込まれている。

現在、アジアでどんなに経済が成長しても、先進国では全然動きが取れない。結果的には、具体的な環境汚染も含めて、エントロピーの増大をもたらしているだけです。いよいよ行き詰まっているという気がするんです。世紀末というけれど、本当に世紀末的になってきた(笑)。

浅田　別の観点からいうと、あるていど閉じたシステムがあるからこそケインズ主義あるいはフォード主義でやれたんですね。労働者はテイラー・システムのような機械的管理に従うかわりに、たえず生産性の上昇に見合った賃上げを獲得し、その分がまた消費支出に回って総需要を増大させる。しかし、資本主義がグローバルになってゆくにつれ、そういう国民経済単位での自己拡大的サイクルがうまく回らなくなるわけです。

さらに大きな問題として、今までは、資源の点でも環境の点でも無限に大きな外部を想定し、いくらでも資源を取ってこれるし、いくらでも廃物を捨てられるということで大量生産・大量消費をやってきたのが、今や地球環境の有限性がはっきりしてきて、システムがいかに自己拡大的なサイクルを回そうとしても、すぐ外側の限界に突き当たってしまうということがあげられるでしょう。そういう意味でも閉塞状況になっていると思いますね。

一八八〇年代には植民地の取り合いということで帝国主義が出てきたわけですけれど、今回は別の形で地球環境の囲い込みのようなことが起こるかもしれない。

柄谷　僕も、空間が再び大きな意味を持つだろうと思います。

そのなかでの日本の位置ですが、かつて日本が出てきて中国やロシアに勝った時、これはヨーロッパ人の世界史からみるとたいへんな衝撃だったわけで、無制限に分割できると思っていた非西洋世界の中から、自立して抵抗してくる者が現れたことで、もはや無限の空間はないということを最初に実感させられたわけです。また、日露戦争に日本が勝ったということは、日本人が思った以上に、アジアにものすごく影響を与え、勇気を与えたんですね――アラビアにいたるまで。だから、欧米はそれをもってイエロー・ペリルと呼んだ。黄禍論ですね。

「ファシズム」を特殊視するのはまちがい！

浅田　今回も、日本が政治的リーダーシップをとってアジア世界をまとめているわけではないし、そもそもそんなことはできるはずもないにもかかわらず、結果的に日本型の資本主義をモデルとしてアジア型の資本主義が広がっていくとすれば、欧米とは異質なモデルに基づく資本主義圏として突出してくるでしょうし、相当な摩擦が起こるでしょうね。

柄谷　その日本的なモデルというのも、しかし、一九三〇年代に作られたものでしょう。当時、各国がまずやろうとしたのは、失業問題の解決ですね。その場合、さっきは触れなかったけれども、一方に共産主義革命が起こって、他方でそれが他の国家の危機感を強めた。そのひとつとしてファシズムが出てくるけれども、これを特殊なものと見ないほうがいい。実際、アメリカのニュー・ディールなんかでも、ある意味で似たようなことをやっている。一面から言えばルーズヴェルトを中心とするほとんどボナパルティズム的な権威主義であり、別の面から言えばコーポラティズム（協調組合主義・制度）である。イタリアのファシズムは、最初からそうだったんで、いわば労働組合と資本が協議してやっていく国家ですね。また、ドイツでエルンスト・ユンガー（作家・評論家）の提起した別の概念として、総動員——それもジェネラル・モビライゼーションを超えるトータル・モビライゼーションという概念がある。これは、軍事と非軍事の区別がない、産業そのものが戦争なんだという概念です。そして、日本でも当時のいわゆる「革新官僚」が、そういう「総動員」体制を作り上げていったわけです。「革新」といっても、もちろん右からの「革新」ですが。

浅田　そうですね。先日の『SAPIO』（一九九四年三月二四日号、四月一四日号、四月二八日号）での西部邁氏との対談でも話題になったんですが、とくに日本では、近衛（文麿）新体制のブレーン・トラストたるべく組織された昭和研究会のような場に集まったイデオローグや「革新官僚」によって、個人主義と全体主義の対立を超える協同主義といったものが唱えられ、具体的には、資本主義の危機を内側から超えると称して、資本家から独立した経営者資本主義と国家による指導というシステムが作り上げられた。それは戦後も続いているわけでしょう。

柄谷　そうです。戦後の日本は、軍事面では完全に動員解除された。しかし、他の面では「総動員」のままだと思うんです。実際、自民党ができたのは「革新官僚」の筆頭だった岸信介が復活してからだし、社会党にも「革新官僚」がたくさん行っているし、「五五年体制」というのは、言ってみれば「革新官僚」が作ったようなものでしょう。戦時立法を見ても、コーポラティズム的な色彩が強くて、労働者保護とか借家人保護とか農民保護とか、非常にきめ細かにやっている、それを戦後そのまま残しましたね。農地改革だって、基本的に「革新官僚」が設定したものをアメリカの占領軍にやらせたようなもので、すでに調査も終わっていたけれど戦争中にはできなかっただけです。その他の面でも「五五年体制」というのは非軍事的総動員をずっと続けてきたと言えるのではないか。

吉本隆明「中流階級論」はデマゴギーである

浅田　実際、戦後の財閥解体によって経営者資本主義がいっそう純粋な形になって、社会主義ならぬ会社主義が完成されるわけだし、労働組合も春闘のような妥協形成のシステムに組み込まれるわけだし。欧米だと、株主は配当をよこせというし、労働者は賃金をよこせというんだけれども、日本では、個人は誰も豊かではない、言い換えれば誰もが平等に貧しいのに、会社だけが豊かになっていくという、奇怪なシステムの完成をみた。

柄谷　そういうコーポラティズムというのは八〇年代に完成したんじゃないですか。特に労働組合でいえば、連合ができて、完全なコーポラティズムになったと思うんです。ヨーロッパはまだ労使の対立がちゃんとあります。この前も、フランスで政府が若年労働者の最低賃金を引き下げようとしたら、ものすごいデモが起こって、断念せざるを得なくなった――それでも失業は解消されないわけで、六八年とはまったく違う、ほとんど展望のないデモでしたが。

しかるに、日本では、不況だから今年のベース・アップは遠慮するとか、組合のほうから言うんですね。いったいどうなっているのか（笑）。

浅田 私鉄なんて、業績が悪くなかったにもかかわらず、他業種に比べてうちだけ突出するのはまずい、とか言って（笑）。

柄谷 どうしてみんなが本当の不況感を持たないかというと、そうやって賃金を下げても会社にいるからです。ほとんど働いていないのに会社には残っている。

浅田 企業内失業というやつですね。

柄谷 そうやって矛盾を隠蔽しているだけです。吉本隆明は、自分が中流階級だと思う人が九割で、しかも年々増えているから、早晩九割九分の人が自分を中流階級だと思うようになると言う（『文藝春秋』九四年四月号）んだけど、これはまったくインチキです。最近の統計のなかには、日本の貧富の差は、アメリカよりはましでも、ヨーロッパより大きいというデータもある。

浅田 それに、一九七五年から八五年にかけては所得の平準化が意識されるようになったのに対し、八五年以後は資産の不平等が意識されるようになったということもありますからね。

柄谷 実際、貧富の差があるのに、どうしてみんな平等だと思い込むのか。こういう人が説いて回るから、みんなそう思うんでしょうけれども、そういう者はイデオローグというよりデマゴーグです。

浅田　ただ、そんな議論がそこそこ通用する程度に、日本のコーポラティズムは強靱かつ柔軟だとは言えるでしょうね。

柄谷　ヨーロッパのファシズムがかつて目指し今も目指すのは、コーポラティズムだと思うんです。しかし、日本にファシズムの危険はない──すでに実現されているから（笑）。

浅田　それは極端としても、日本に確固たる個人主義と自由主義がないことだけは確かでしょう。

柄谷　アジア的資本主義というのは、日本と違う面も多いけれども、結局は日本モデルなんですよね。これは近代を飛び越えた形になっている。一九三〇年代の言葉でいえば、近代を勝手に「超克」して先へ行ってしまっている。だから、そこには本当は個人もなければ人権もないんです。

浅田　資本主義化は近代化なしでも達成され得るということなんで、前近代的な共同体原理をうまく利用した日本型あるいはアジア型の資本主義というのはその顕著な例でしょう。

柄谷　最近、廣松渉みたいな哲学者が、西洋近代の実体主義を批判して、東洋の関係主義に基づく「東亜の新秩序」を唱えている。それは昔から和辻哲郎でも誰でも言ってきたことで、「人間」というのは「人の間」と書くように本来「間柄」であり、実体的個人などというものは幻想にすぎない、と。それは哲学的には新しそうに響くけれども、よく考えてみたら、日本人はそんな個人主義的幻想を一度も持ったことはないんで、みんな家族だとか会社だとかの関係の中で生きているわけでしょう。したがって、個人とか主体とかを批判することは容易であり、コーポラティズムも容易なのです。しかし、こんなもので、西洋近代を超えると言うことはできない。

浅田　戦前、マルクス主義と京都学派を折衷しようとした三木清が、関係のネットワークとしての協同主義を大東亜共栄圏に実現しようとした。廣松渉の議論はその完全な反復ですね。もちろん、西洋で近代の主体主義・実体主義の批判が出てくるにはそれなりの理由があるし、その批判を無視することはできない。しかし、それを文脈と関係なしに日本に輸入してしまうと、前近代的な共同体主義や、それに基づく日本型の資本主義を肯定してしまうことにしかならないということでしょう。

現実の悲惨を糊塗するイデオロギー

浅田　最初に言われたように、一九三〇年代に起源をもつそういう日本的な資本主義も、八〇年代をピークとして、そろそろ限界にさしかかりつつあるのではないか。現に、バブルがはじけてからは、日本の企業もさすがに抜本的なリストラクチュアリングを迫られつつあるわけだし、とくに今回はグローバルになった資本主義のもとで日本の内部だけでは問題を処理できなくなっているわけだし。不思議なのは、そうやって厳しい現実に直面しつつある今になってまだ、八〇年代型の微温的な総中流社会やその大衆文化を肯定しようとするイデオローグがいることなんです。

柄谷　いや、現実が崩れかけている時に、そのことを否定し続けて、絶えず現実を美化していくというのが、悪い意味でのイデオローグでしょう。戦前の「近代の超克」もみんなそうでした。

実際、現在の不況の影響は相当なものだけど、それが欧米ほど目立たない。戦前は、失業人口は農村が吸収したし、最近までは会社や家族が吸収している。しかし、それは今後は無理ですね。すでに社員を首にしないかわりに新入社員を採用しないのだから、そこに失業が露出している。

浅田　典型的には、女性の就職差別なんて露骨に拡大しているわけでしょう。男女雇用機会均等法なんていったって罰則規定もないし、ちょっと不況になったら、女性というだけでほとんど職がない。その結果、八〇年代にあったようなシングルのキャリア・ウーマン志向はすっかり鳴りをひそめて、結局はお嫁に行くしかないという、ある種の断念に基づく保守主義が広がっていると思うんです。

その時に、吉本隆明に追随するような全共闘世代のイデオローグが、フェミニズムなどというのはアメリカかぶれのインテリ女の振り回す空疎なタテマエに過ぎず、日本の女性の大多数のホンネは、普通に結婚して家庭を築いてささやかな幸せを獲得することなんだというような、犯罪的なまでに反動的なプロパガンダを展開する。それは、柄谷さんの言われるように、現実の悲惨を糊塗するイデオロギー以外の何ものでもないと思います。

柄谷 そうですね。僕はアメリカにおける一部のフェミニズムやマルチカルチュラリズムにも批判はあるけれど、それでもアメリカ人のことを悪く言いたくないのは、インテリだけじゃなくて、普通の市民のレヴェルでも、反差別や平等というようなことをちゃんと意識してやっているからです。

浅田 アメリカでは、とにかく差別に反対することが政治的に正しい（ポリティカリー・コレクト）という議論がやや行き過ぎているとすれば、日本ではそれがなさ過ぎる。むしろ、事態は悪化しているかもしれないとさえ思います。

前回の対談（「「ホンネ」の共同体を超えて」）で、柄谷さんは、漱石を引いて、日本人は偽善的であることを嫌うあまり露悪的になる傾向があると言われたけれども、それが今ますますひどくなっていると思うんですね。実際、新左翼だったはずが右翼になっていた全共闘世代のイデオローグたちが、左翼のタテマエを批判することで結果的に右翼のホンネを肯定するという見え透いたプロパガンダを、飽きもせず繰り返しているわけです。たとえば、彼らの教祖だった吉本隆明の「わが「転向」」という無惨なインタヴュー（『文藝春秋』九四年四月号）でも、左翼知識人はロシア・マルクス主義に関して自己否定すべきだということになり、しかし、その結果は、日本の大衆のホンネと称するもの、あるいはそれを「率直」に表現しているのであるらしい小沢一郎の「現実主義」を肯定することになる。さらに、全共闘世代の笠井潔なんかになると、左翼知識人はロシア・マルクス主義どころかポル・ポト派と連合赤軍に関する徹底的な反省をくぐらなければダメだということになり、その結果はやはり日本的大衆社会を肯定することにしかならない。しかし、あえて差別的に言えば、ポル・ポト派にせよ連合赤軍にせよ、前近代的な田舎の落ちこぼれが一気に近代の向こうまで飛び越せるなどという誇大妄想を抱いた結果があああいう悲惨なことになっても驚くにはあたらないわけで、なんでそんなくだらないもののことをこちらが反省しなければいけないのか（笑）。

しかし、今、あらゆる面でそういうホンネ主義が広まっていると思います。アメリカかぶれのフェミニズムを押しつけることこそが抑圧なんで、幸せな家庭を築きたいという日本の女性の「ホンネ」をそのまま肯定すべきであるとか、あるいは、差別語狩りこそがファシズムなんで、文学は差別的なホンネの表現も許される「タブーなき言語の聖域」でなければならず、筒井康隆こそはそのヒーローであるとか（笑）。実は、大衆なりマジョリティなりが、経済的・社会的な不安定性を感じ始め、マイノリティからの批判にもさらされて、半ば無意識に危機感を抱いているからこそ、自分たちのホンネをイデオロギーとして肯定してもらいたいということだと思いますけれども。

吉本隆明は「知識」から孤立している

柄谷　吉本隆明について言うと、彼は転向の原因を大衆からの孤立ということで説明しようとしたんですね。しかし、物書きにとって、大衆から孤立するというのは、単純なことで、売れないということなんです。それで、売れるようにするには、大衆に近づくことだということになる。しかし、そうすれば孤立感はないはずですが、なぜか孤立感は消えない。たとえば、吉本隆明でも西部邁でも妙に孤立感をもっている。しかし、実際は大衆的に支持されているわけでしょう。なぜ孤立を感じるのか、何から孤立しているかというと、彼らは「知識」から孤立しているんです。知識というのは普遍性を持たなければならないわけです。そこから脱落して、もうどうしようもないということがわかってきたら、日本に頼るほかなくなる。彼らは支配的なオピニオン・リーダーなのに、内心は孤立感を持っている――普遍性から孤立していると思っているからです。そういう孤立感を感じさせる僕たちみたいな人間が、彼らにとっては一番疎ましい。この連中がいなければ世の中はのどけからまし、と（笑）。それでスターリニストとかいって罵倒するわけでしょう。だけど、僕らがいようといまいと、世界のどこかで誰かがやっていますからね。僕らが放棄してしまおうと知識の普遍性というのは別の誰かが担っていくわけで、自分が放棄したからといってそれを否定することはできないですよ。

浅田　吉本隆明の場合は、自分を知識人と規定した上で、大衆を基底に組み込んでいない知識人は転向する可能性もあるから、知識人としての自己を否定して大衆につかねばならないというわけでしょう。これはある意味で通世代的に実現されていて、主観的に自己を否定するもなにも、客観的に自分の娘である吉本ばななが大衆文化を体現してしまったわけだから、彼はもはや何も言う必要はないはずなんです（笑）。逆に、言うとしたら、頑固親父になってその差異で闘争していくしかなかったし、そうなれば良かったのかもしれない。

いずれにせよ、僕自身のことも含めて、否定するに足るような知識人なんて、本当はどこにもいないでしょう。まして、全共闘世代なんていうのは、もうすこし素直に勉強してほしいと思うくらいでね（笑）。自己否定というけれど、自己批判というのはまともな人間ならだれでもやっていることで、自己否定ばかりを振りかざすのは、逆に自意識過剰のナルシシズムでしょう。

柄谷　それから、吉本隆明は、僕たちがロシア・マルクス主義の批判を一度もやったことはないというけれど、僕はロシア・マルクス主義及びその亜流を支持したことなんか一度もない。だから、どんな意味でもそれにこだわる理由がない。そんなものは一九六〇年の時点でとっくに死んでいました。

浅田　遅くともスターリン批判によって死んだわけだし、思想的にはスターリンの粛清が始まったときにもう死んでいたといってもいい。実際、一九三〇年代にみんなロシアに幻滅するわけでしょう。

柄谷 それで、ロシア・マルクス主義を批判すると称して、吉本隆明が何をやったのか。初期マルクスの疎外論に戻っただけでしょう。最も疎外された人間（プロレタリアート）の解放が全人類の解放である、したがっていちばん根底の大衆につく、と。この疎外論はどんな風にも使えるわけで、ある意味ではポル・ポト派も連合赤軍もそうだし、もっと根底まで遡れば、アイヌ解放や動物解放とか、いくらでも言える。浅田さんの言ったように、ロシア・マルクス主義などというものはとっくに壊滅していたわけで、むしろその後に批判されるべきものは、そういう初期マルクス的な疎外論だったのです。これが言ってみれば「第三の道」、つまり想像力による解放の道だったわけですが、冷戦の二項対立の解体とともに、まさにこの第三項が壊滅したんです。それでみんな転向したんですよ。

浅田 もっとも疎外されたものがもっとも普遍的な解放の主体になるという論理でいくと、毛沢東主義から、極端にいけばポル・ポト派のようにもなる。そういう論理自体が崩れたということなんですね。

柄谷 もっとも疎外されたものというけれど、現実にはさまざまな位相で存在するので、最底辺ということが言えないわけです。今までは労働者とか植民地下の人間とかいっておけばよかった。現在突出してきているのは、女性、先住民、障害者といった存在ですが、しかも、それらが互いに矛盾する形で出てくるわけです。

浅田　それを無理に疎外論で押し切ろうとすると、三重苦は二重苦に勝ち、四重苦は三重苦に勝つというような奇妙なことになる。アメリカのアカデミーやアート・シーンで、ハイチ移民でレズビアンでＨＩＶポジティヴなんていったら、ほとんど無敵でしょう（笑）。

柄谷　この印籠が目に入らぬかという感じですね（笑）。

浅田　でも本当は、先住民として抑圧されていながら女性を差別しているとか、またその逆とか、いろいろな関係が錯綜していて、最底辺なんていうのは決められない。究極的には、だれもが互いに差別しながら差別されているというのが現実でしょう。ただ、一気にそこまで行くことはできないんで、女性差別にせよ人種差別にせよ、これまでえんえんと続いてきた大きな差別構造に関しては、それを強引に転倒する局面を一度は通過しないといけない。だから、僕はポリティカル・コレクトネスを一概には否定できないと思うんです。

柄谷　とくに日本では、実際のところ、そこまでいったことは一度もないんですから。それで、ちょっと強くマイノリティからの批判が出てきたら、ただちに差別語狩りこそファシズムだというような反動が強烈な形で出てくる。これは根本的におかしいんです。アメリカだったら、ある程度のポリティカル・コレクトネスが社会全域に徹底していますよ。エイズのことでもそうです。アメリカには人種差別があると日本人はいうけれど、日本のエイズ患者はみんなアメリカへ行くという事実がある。日本で何を偉そうに言っていたって、結局はエイズ患者は日本にいられないんです。それを見たら、日本に人権なんてまともにないんだというほかない。

犯罪者の家族まで排除する社会

浅田 エイズ患者のアンケートを見ると、自分はカム・アウトしていいと思うけれども、家族に迷惑がかかって、たとえば妹が結婚できなくなると困るから、できないというんですね。完全に封建時代のままですよ。

柄谷 日本は犯罪が少ない。それでアメリカに犯罪が多いと言って攻撃している。しかし、犯罪が少ない主たる理由は、明らかに、個人の罪が親類にまで及ぶからです。

浅田 封建的な恥の文化とそれに基づく相互監視システムの効果ですね。

柄谷 僕は十年ほど前にマンハッタンの対岸にあるニュー・ジャージーのフォート・リーという所にいたことがあります。日本人がたくさんいるところなんですけど、日本人の銀行員の奥さんと話していたら、「マンハッタンって恐いんでしょう」と言うんですね。それこそ橋ひとつ渡ったところなんですよ。マンハッタンに行ったことがないんですかと聞いたら、銀行員の家族が被害を受けたときに新聞に出る、被害でも信用が落ちるからダメだというんです。それで、マンハッタンの横に来ていながら、日本の週刊誌を読んで、マンハッタンとはどんなに恐い「異人」の世界かと想像している。それはもう驚くべきもので、ほとんど『遠野物語』の世界だと思いました（笑）。

浅田　いわんや加害者をや、というやつで、日本では犯罪者の家族までも社会から排除される。

柄谷　僕は、連合赤軍事件の時も、あの連中のことはどうでもいいけれど、坂東（國男）の親が自殺したのには参りました。子供が勝手にやったことでしょう。あのとき円地文子が『食卓のない家』という小説を書いた。父親が会社の役員で、子供が連合赤軍に加わったのに、息子は別の個人であるということで、平気で会社に来ている、そういう男を主人公にした。僕は円地文子って偉いなと思ったんです。女の立場で書くとかいうんじゃない。たんに個人の立場です。親は親で、子供は子供だ、という当たり前のことが日本ではどんなに難しいかということです。そして、これがなければ、フェミニズムも無理です。

もちろん親子の間の深い関係はどこにもあります。しかし世の中がとやかく言う問題ではないわけです。アメリカのどんなイエロー・ペーパーを見ても、そういうことが書かれていないことに感心するんです。もちろん心理学的・社会学的調査はよくなされる。親がどんな育て方をしたかとか、離婚しているかとか。だけど、親がこうだったから悪いとは絶対に言いません。それが、日本では親を自殺にまで追いやるんだから。

浅田　少なくとも、家族は閉門蟄居ですね。

柄谷　宮崎勤事件のときも、家族全員どこかにいなくなっちゃったでしょう。あんな事件をおこしている奴はアメリカにはざらにいるわけ、何十人撃ち殺したとか（笑）。でも、家族は十分傷ついているとしても、外に対しては平然とやっていける。日本だと、平気でいることが許せないとか書き立てると思うんです。それで言論の自由があるとか人権があるとか言っても、冗談じゃないと思う。

いま、なぜマルクスを読むべきか

浅田　ここでマルクス主義の話に戻ると、ロシア・マルクス主義と疎外論的マルクス主義がともに終わったということだったわけですが、この両者には共通点があるんですね。ロシアは近代市民社会を通過していないにもかかわらず超近代までジャンプできるとか、さらにはもっと前近代的なところに遡ればもっと遠くまでジャンプできるとか。しかし、マルクス自身は、ドイツですら田舎でどうしようもないというので、ほとんどイギリスのことしか考えていなかったぐらいでしょう。
たしかに、晩年、ロシアのザスーリチへの手紙なんかで、ロシアには別の革命の道があるというようなことを言っているところもあるけれど、総じていえば、単線的進歩主義に近過ぎると言えるほどに、近代というのが当然の前提になっていたと思うんですよ。
柄谷　そうです。経済学的にも、ごく普通の意味で、アダム・スミスから出発している。

つまり自由主義から出発しているんですね。ドイツなんか問題にならない。それが逆に盲点になったと思うんですけどね。一九世紀の終わり頃になると、事実上、ドイツのような国の方が発展してしまうから。

浅田　逆に言えば、そういう盲点を持つほどに、イギリス型の自由主義を自明の前提としていたわけですね。

柄谷　政治的にも、ブルジョワ革命がもたらしたものはすべて前提している。むしろ、マルクスは、ブルジョワ革命が不徹底だったから革命が必要だと言っているわけですよ。

浅田　ブルジョワは、革命をする時はラディカルだけれども、自分だけ権益を獲得したらそこで止まってしまうから。

柄谷　その点、一九世紀の社会主義者は、フランス革命の延長というか深化というか、そういう観点でやっていたと思うんです。それが一八七〇年代から八〇年代にかけて変わってきた。国家が中心になったんですね。それがマルクス主義と呼ばれてしまっているんです。

浅田　哲学的に見ても、そもそも、一八四四年の『経済学・哲学草稿』までの疎外論を自ら切断し、類的存在としての人間の自己疎外とその克服というような物語を放棄することで、マルクスはマルクスになるわけでしょう。それで、四五年の『フォイエルバッハに関するテーゼ』では、人間というのは現実的には社会的諸関係のアンサンブルだということになる。さらに、その後、『唯一者とその所有』におけるシュティルナーのラディカルな個人主義をくぐっているわけで、もちろんそれも乗り越えてはいるけれども、『ドイツ・イデオロギー』では、現実的な諸条件の下での諸個人から出発するということになるわけですね。

ちなみに、ルイ・アルチュセールや廣松渉は、その時点での疎外論からの切断を明示してみせたのはいいとして、主体と疎外というパラダイムから構造や関係というパラダイムへの移行を機械的に固定しすぎた節がある。マルクスの思考はその後もダイナミックに動いていくわけで、『経済学批判要綱』なんかを見ると、再びある種の個人的所有の概念を出してくるんですね。平田清明なんかはそこに注目したわけだけれども、そこから西洋近代市民社会の賛美に向かったところが問題でしょう。

その点、アルチュセールを踏まえながら『経済学批判要綱』の読み直しをやったトニ・ネグリなんかは、その延長上で、亡きフェリックス・ガタリとともに、シンギュラー(単独的=特異的)なものの横断的な結合としてのコミュニズムというヴィジョンを出してくるわけで、それは柄谷さんの言う意味での自由主義の極限なんですね。

柄谷　そうです。マルクスはいくらでも読み直せる。僕はマルクス主義などというものを一度も支持したことはないが、マルクスはずっと読んできた。頭がよい人なら、今からマルクスを読むはずです。普遍性とはそういうことです。

自民党政権崩壊後の悲喜劇的事態

浅田　今の日本のイデオロギー状況は総崩れとしか言いようがなく、批判能力の欠落には目を覆うべきものがある。その一方で、巨大な構造変動が起こっているわけで、きわめて不安定な状況ですね。

政治を見ても、自民党政権が倒れた時点で自民・反自民という軸は意味がなくなったんで、単純に言えば、タカ派・ハト派、改憲・護憲、あるいは「新保守革命」対「リベラル」というのが主要な対立軸になってきているにもかかわらず、左翼だったはずの側が、依然として右翼に対峙し得るヴィジョンを打ち出せずにいるというのは、一体どういうことなのか。

逆説的に言って、僕は渡辺（美智雄）〝小沢（一郎）政権ができたらよかったと思うんですよ。それで、消費税を七％といわず一〇％に上げ、ＰＫＦ（国連平和維持軍）参加凍結解除や有事立法はもちろん憲法九条の「改正」から徴兵制まで提起してみせればいい――防衛庁長官を途中でやめた新生党の中西啓介なんかは徴兵制を示唆しているわけだから。ちなみに、法務大臣をやめさせられた新生党の永野茂門も、大東亜共栄圏は思想的に間違っていなかった、南京大虐殺なんていうのもなかったと言っているわけでしょう。そこまで行かないと、反対派も目がさめないんじゃないか。

柄谷　それはいいけれども、ああいうのが首相や大臣になって問題発言をするたびに、海外にいる日本人は白い目で見られてたまったもんじゃないですよ。苦労して築いてきたことをすべて台無しにされてしまうんだから。もうひとつの問題として、僕は官僚がそれなりの危機感を持っていると思うんです。強力な政権が要る、と。

浅田　それが「革新官僚」でしょう。腐敗して非効率的な政党政治を超え、強大な行政権力のもとでエリートとしての自分たちが世界に恥じない日本を築くのだとか何とか、それ自体じつに恥ずかしい話だけれども、それが一九三〇年代の反復にすぎないという意識さえないんだから、救いがたいというほかない。

柄谷　今の官僚は戦後育ちでしょう。小沢一郎もそうですが、高度成長時代に青年期をおくっているから、苦労したこともなく妙な自信だけがある。

浅田　それに、自分たちこそが国家のことを憂えているんだというけれども、昔と違って、今の官僚のトップである大蔵官僚なんかは、国家ならぬ国庫のことを憂えているだけですよ（笑）。国民経済全体からいえば、不況対策のために赤字国債を出すことだって十分考えられるのに、とにかく減税は増税とペアでないとやれないなんていう。そんな減税に効果があるはずがない。

にもかかわらず、田中（角栄）・竹下（登）・小沢流というのは、官僚の言うことは全部聞いてやり、そのためにあらゆる泥をかぶってやって、その見返りに官僚の絶対的な忠誠を手に入れるというやり方ですからね。小沢＋「革新官僚」が強力なコンビネーションをつくっているわけです。

しかし、それが表面に出るとあまりに露骨だから、ボナパルティズム的にシンボリックな第三者を必要としているわけで、とりあえず細川護熙はそのカードとして使えるということでやってきたけれども、それが擦り切れてしまったとなると、なかなかこれに代わるカードはないんですよね。

柄谷　日本の戦前を見ていて、他の国（ドイツやイタリア）と何が違うかというと、天皇がいるためにうまくいくが、逆に天皇がいるためにうまくいかないということですね。たとえば、近衛文麿は、天皇に近い者として大政翼賛会を組織するんだけれども、それは天皇に対する幕府的存在になってしまうというので批判された。

浅田　結局、自粛したんですね。

柄谷　アメリカでも韓国でも大統領が名実ともに頂点だけれど、日本の場合は天皇がいるからああいう大統領はつくれない。中曾根康弘は首相公選論を唱えているし、小沢も強力な首相が必要だと言っているけれど、それを突き詰めていくと天皇制に反するおそれがある。

浅田　戦前は、天皇がいわばヒトラーやムッソリーニに対応する位置に置かれていたとして、しかし、天皇自身は、立憲君主制にそって、政治に口を出すまいとする――いや、ほとんど象徴としての存在にとどまろうとするから、わけがわからなくなる。

柄谷 昔、丸山真男が「無責任の体系」といったけれども、日本では、最終的に責任をとれる人間というかポジションをつくれないようになっているんですね。共和制にする以外はだめですね（笑）。

浅田 まあ、細川政権が崩壊した後、ボナパルティズムはうまくいきそうもないとしても、小沢＋「革新官僚」はまだ強力な行政権力をつくって「新保守革命」を推進しようとしているわけで、左翼だったはずの勢力がそれに歯止めをかけられないとすると、自民党系の一部しか歯止めがないという悲喜劇的な事態になってしまっているわけです。

柄谷 僕は前から思っていたんですけど、僕たちの雑誌（『季刊思潮』『批評空間』）で批評史の検討（『近代日本の批評』講談社文芸文庫）をやったときに、大正時代からいちばんちゃんと戦ってきたのは石橋湛山だけだということを改めて痛感したことがある。大正デモクラシーというけれど、これは「内に向かっては民主主義、外に向かっては帝国主義」という形態でしょう。ところが湛山だけは、小日本主義を唱えて、一切植民地は放棄せよと言っている。

浅田 しかも、それは合理主義に基づいていて、植民地を持つのは計算に合わないからやめたほうがいい、と。

柄谷 そう、いわば善意なく言っている。民主主義とか社会主義とかいう連中は、相手の気持ちがわかるとか——といっても勝手にわかったつもりになっているだけなんだけど——そういう善意でやっているわけでしょう。そういう連中がみんな転向した。しかも、本人たちは転向していないと思っている。実際、戦前も戦後も悪い意味で左翼のままなんですよ。

浅田　社会党にせよ何にせよ、いわば戦前に戻っているわけですね、今は。

柄谷　その点、湛山は自由主義者としてずっと冷静に戦い続けている。彼は戦前も、ロシア革命を認めろと言っていたし、戦後も中国の革命を認めろと言っていたんですね。もちろん、社会主義革命に感動してそう言っているんじゃない。後進国だから、ああいう革命が必要なんだ、脅威を感じる必要はない、援助してやればいいんだ、と。たしかに、ロシア革命が周囲の援助に恵まれていたら、その後の経過は違っていたと思う。彼らはほとんど国防に全精力を向けざるを得なくなるでしょう。

浅田　それが一国社会主義路線のスターリンの権力を確かなものにしたわけですからね。

柄谷　キューバのカストロも、初めはアメリカで大歓迎されて議会で演説までしたけれど、大地主の土地を没収し始めた途端にアメリカが反カストロになって、しょうがないからソ連についたわけでしょう。地主的支配があるところに民主主義などありうるわけがない。あの時アメリカがキューバを援助しないまでも黙っていれば、キューバは経済的におそろしく発展していたでしょうね。そのほうがアメリカにとって脅威だったかも知れないけど（笑）。

浅田　まあ、冷戦の時代だから仕方がなかったとはいえ、アメリカは本当にそういうところが下手と言えば下手なんですね。

それにしても、「新保守革命」がなし崩しに進行するなかで、それに抵抗し得るものといえば、自由主義なり、その流れをくむ自民党系の一部なりしかないとすれば、ほとんど絶望的な状況ですね。

レイシズムは自由＝不安からの逃亡である

柄谷　しかし、思想的に言っても、あたりまえのことをもういちど考え直すべき時にきているんじゃないですか。八〇年代までは、哲学では「主体」の批判をずっとやってきたわけですね。しかし、それならば日本はすでに近代的主体を超えているとかいうことになる。関係主義とかいうのもそうでしょう。もちろん、そういう「主体」の批判にはそれなりの根拠があったし、僕自身もそういうことをやったけれども、最近はそれだけではダメだと思っているんです。

それで僕はたとえばサルトルを読み直してみたんです――サルトルといっても、初期の『存在と無』なんかのサルトルですが。いろいろまずい部分があるのは当然として、それを認めた上でいえば、やはりおもしろい。サルトルというと、主体を持ってきたといって構造主義者に批判されていますけど、彼が持ってきたのは主体ではなく「無」です。たとえば、彼は人間は対自存在であるという。それは人間は物が物であるような在り方ではなく、いつも「あるところのものではなく、あらぬところのものである」というような在り方だということです。彼はそのような「存在の無」を不安あるいは自由と呼んでいる。いわゆる主体とは、この「無」＝「自由」＝「不安」を埋めるところにおいて成立する。たとえば、現在でいえば、私は日本人であるとか、男であるとか、そういうアイデンティティにすがりついてしまうわけです。その意味で、ナショナリズムとかレイシズムとかセクシズムとかいうのは自由＝不安からの逃亡だと思うんですよ。しかし、サルトルによれば、結局ここから逃げることはできない。人間は「自由の刑に処せられている」というわけです。『存在と無』は、人間の行動はすべて挫折に終わるということで終わっているわけですね。しかし、彼はそれを戦争中のレジスタンス運動をやりながら書いた。レジスタンスとは将来の自由を目指すことではない、まさに自由であるが故に抵抗するのだということです。

浅田　一方に平板な即自存在としてのアイデンティティに基づく主体主義があり、他方にアイデンティティは諸関係の効果にすぎないというこれまた平板な主体批判があるとして、それらは表裏一体なんですね。本当に問題なのは、自分は諸関係の効果にすぎないということを知っている「この私」ということで、サルトルの対自存在という概念がいいかどうかは別として、そこにポイントがあるということは確かでしょう。そういうことを考えない限り、実践にはつながりようがない。マルクスが言っていたのも、結局そういうことだと思うんですよ。

柄谷　今の日本やアジアの状態では、対自存在のような在り方が出てこないと思うんです。日本人が個人や個性を大事にしようというとき、ほとんど実体的なことを指している。この子は体育の能力があるから伸ばそうとか、美術の能力があるから伸ばそうとか。しかし、一番大事なのはそういう多様性や差異性ではなくて、どの人間も対自存在であるということ、そうであるからこそ、それぞれが特異的になるということです。そういう意味での個人を重視する雰囲気は日本に非常に乏しい。それをあらためて感じています。

浅田　その最大の障害は、家族的な関係性のしがらみでしょうね。

柄谷　「アジアの時代」とかという時に見えてくるのが、そういう家族的な形態ですね。そんなものが優位に立つことがあるとは思えない。

情報資本主義時代のヘゲモニー

浅田　早い話が、本当に情報資本主義段階に入って、ソフトウェアのオリジナリティで勝負するということになれば、アメリカの一匹狼的な個人主義のほうが強いでしょう。現に、アップルでもマイクロソフトでも、そういう個人がつくった企業ですからね。そこまでいく手前の段階、家電製品のようなものを水も漏らさぬチームワークで作るとか、ソフトウェアでも似たようなゲームを人海戦術で作るとかいう時に、疑似家族主義の強みが発揮される。

僕の印象では、二一世紀の前半はアメリカが情報資本主義の先端部分において圧倒的に世界のヘゲモニーを握り、アジア資本主義がその下請けとして疑似家族的なチームワークで安価なハードウェアを供給し続けるというような、憂鬱な構図になるんじゃないか。本当に日本なりアジアなりが世界史の先端に立てるかというと、僕は非常に懐疑的ですね。

柄谷　そうですね。「歴史の終わり」というけれども、それは、どこに終わりを設定するかで、どうにでも書き換えられることなんで、結局は現実的な過程をそのつど正当化しているだけです。現在なら、ヘーゲルの世界史は中国とインドで始まっているが最後はまたそこで終わるのだというような見方が出てくる。しかし、そんな話はつねにくだらない。

ただ、これまでの世界史を全面的に書き換えるという要求が今になって出てきたということは、重要だと思うのです。今まで表面下に隠れていたナショナルなグループやエスニックなグループ、あるいは先住民なんかが、世界史のなかで一度は消されてしまった権利をあらためて要求し始めている。キリスト教の発想では、終わりということになると、先のものが後になり、後のものが先になるというふうに、世界史を総ざらえするわけでしょう。
　現実にも、終わりという意識が出てくると、全部やり直そうというので、現実上の最後の審判をやりかけているんじゃないか。なんとなく世界史的に煮詰まっている気がする。これはもう止めようがないですね。

浅田　一九世紀末のドラマを、もっと過激に、本当に逃げ場のない形で再演しているのかもしれませんね。資本主義は完全に世界化して、もうフロンティアもなければ、世界戦争もできない。

柄谷　アメリカのマルチカルチュラリズムというのもそれと関係するけれど、基本的に同一の土俵の上でマルチといっているだけなんです。たとえば、文学でも、シェイクスピアを読むだけではダメで、アフリカの文学もアジアの文学も読む、と。それを批判したのが、アラン・ブルームの『アメリカン・マインドの終焉』ですけれども、そういう批判が出てくるぐらい相対化が進んでいるわけですよ。今まで中心にあったものも周縁にあったものも、すべて相対化して、とりあえず同一レヴェルに置いてみよう、と。西洋文化が今まで勝手に自分たちが偉いと思い込んでやってきたものがあるわけで、それを相対化しようというわけですね。それはいいんですよ。しかし、僕はすべてが相対化されると思わない。むしろ、すべてがシャッフルされるなかで、もういちど普遍性が問われていると思うんです。

浅田　すべて同じレヴェルでシャッフルしたら、本当に特異なもの、だからこそ普遍的なものだけが残るわけですからね。絶対にシェイクスピアは残るし『源氏物語』も残るけれども、英文学と日本文学の優劣を逆転するといった一般的な話にはならない。

柄谷　僕は『日本近代文学の起源』の英訳のあとがきで、他の固有名詞は記号にすぎないが、夏目漱石の名だけ覚えておいてくれというようなことを書いた(笑)。そういうものでしょう。

浅田　そう、絶対に一般的な相対主義にはならない。

柄谷　一回すべて同等のレヴェルに置いてしまって、シャッフルしていく。その作業がこれからのスタイルでしょう。そこから選ばれていくんだと思うんですね。その時に、日本だとか東洋とかいうことだけで、普遍性を持つことは絶対にできない。

浅田　やっぱり第2千年紀末の総決算ですからね。すべてがシャッフルされるなかで、本当に特異なものだけが普遍的なものとして残っていく。われわれはそういう巨大な選択のプロセスに立ち会っているのかもしれませんね。

しかし、そもそもそういう特異なものがどうやって現れてくるかというと、巨大な差異があった時に、その臨界で現れてくるわけでしょう。とすると、そういう差異が平準化されてしまった今は、特異なものはなかなか現れてきにくいでしょうね。

柄谷　それはたしかです。ただ、差異の客観的な大きさとは別に、差異の意識が重要だと思う。さっき言っていた対自存在の問題で、それは同時に差異的存在だと思う。それは非常に苦痛なものだから、みんなそこから逃れようとする。

浅田　早くアイデンティティを見つけて安心しようとする。

柄谷　しかし、自ら差異的存在になろうとするというか、なってしまうというか、そういう存在がいるんです。たとえば、中上健次の文学が被差別部落にかかわる差異に依拠することは事実だとしても、被差別部落があるから中上健次が出たとは絶対に思わない。被差別部落が消滅しても中上健次は残る。僕が言っているのはそういうことです。

浅田　そうですね。ある意味で世界がもう閉じつつあるとしても、どこにいようがいやおうなしに特異点として現れてくる個人というのがいる。そういうものとの遭遇に賭けるほかないんでしょうね。

（初出『ＳＡＰＩＯ』一九九四年六月二三日号「いま、本当の危機とは何か」、七月一四日号「いまこそマルクスを！　一億総ホンネ主義の欺瞞を撃つ」、七月二八日号「第二千年期《ママ》の総決算のあとに何が残るのか！」改題）

再びマルクスの可能性の中心を問う

トランスクリティーク

浅田　柄谷さんは二十年以上も前に『マルクスその可能性の中心』でマルクスを全く新しく読みかえる視点を開かれました。その後、『隠喩としての建築』から『探究Ⅰ』にかけて、いわばゲーデル問題から後期ウィトゲンシュタイン問題へ転回されるわけですが、そこで梃子となったウィトゲンシュタインの「教える―学ぶ」関係の背後にもマルクスの「売る―買う」関係が重ねられていたわけです。そしていま、柄谷さんは『トランスクリティーク』という大きな仕事に集中されています。「カントからマルクスへ」という形で、『探究Ⅲ』で展開してこられたカント読解の上にたって、改めてマルクスを読み直していく作業です。今日はその『トランスクリティーク』を中心に話をうかがいたいと思うのですが、最初に『トランスクリティーク』というタイトルの意味から話していただけませんか。

柄谷　「トランスクリティーク」というのは、今年（一九九八年）の一月ぐらいに考えついたもので、英語版翻訳者の高祖岩三郎君と相談している間に出てきた言葉です。ぼくは今まで、自分で新しい概念をつくるのは嫌で、なるべくありふれた言葉でものを言おうと心がけてきたんですが、今回初めて新しい言葉をつくったわけです。「トランスクリティーク」というのは、日本語にはなかなか訳せないでしょう。ぼくも英語の概念だけでつくったわけで、これには二つの意味があります。

まず「トランセンデンタル」という言葉があって、カントが言う「超越論的」という意味です。これはいわば垂直的なものですね。それから「トランスヴァーサル」という言葉があって、「横断的」という意味です。これはいわば水平的なものですね。その二重の意味の「トランス」に、「批評」「批判」の意味の「クリティーク」を合成して、「トランスクリティーク」というふうにしたわけです。

「トランセンデンタル」というのは普通は「超越論的」と訳されていますが、わかりやすく言えば「経験的」に対立する言葉です。カントは、感性とか悟性とか理性について考えましたが、そういう諸能力は実体として存在しているわけではありません。「悟性」にしても、英語でいえば「アンダースタンディング」になるわけで、一種の働きを指しているんですね。では、そんなものが実体としてあるかというと、ハイデガー風に言えば存在者としてはないんです。だから、カントがやった仕事は、存在者としてはないものの働きの吟味ということになります。超越論的主観というのは、存在者、つまり「私」とか「自己」とかいう経験的なものではなく、無として働いているものです。この無の働きをとらえることが超越論的態度だと言っていいと思います。

今世紀の哲学者の中で、「超越論的」という言葉を使った人に、フッサールがいます。彼ははじめ「現象学」とだけ言っていたのが、後期になると「超越論的現象学」と言い出します。しかし彼はカントと違って、感性とか悟性とか理性とかいうことは言わない。そんなものは存在しないと彼は考えていた。むしろデカルトに戻って、意識にとってはっきりしているものからやり直そう、というわけです。だから、「超越論的現象学」といいながら、ぼくが言う意味での超越論的態度は全然ないと言っていいでしょう。

それでは今世紀において超越論的態度はどういうふうに出てきたか。フッサールを批判したハイデガーがその一例です。彼は「超越論的」という言葉は使わず「存在論的」と呼んだ。それによって、存在しないものの働き——存在者としては無だけれども、無として働いているそのものの働きをとらえようとしたわけです。つまり、カントが「超越論的」と言うのを、ハイデガーは「存在論的」と言ったと見ていいでしょう。

もう一つ、ハイデガーとは全然別に、超越論的態度は構造主義という形で出てきたと思います。そもそも、構造というのは、ものの形のことではなくて、形を変換する規則のことです。だから、形が違っていても、変換規則が同じであれば、同じものであるということになるわけです。それはトポロジーの意味での同一性なんですね。たとえばレヴィ＝ストロースは、世界中のさまざまな神話とか親族関係が、見たところは全然違うけれども、その変換規則において同じであるということを明らかにしました。そこで構造主義の場合、変換するときに変換されないものが入ってくることになり、それをゼロ（0）と呼ぶわけです。このゼロ記号というのが、それ自体は存在しないにもかかわらず、構造全体を支えているという言い方になります。それは、カントが超越論的主観あるいは超越論的統覚と呼んだものと同じ機能を持つことになります。ですから、構造主義は、そのことを全く自覚はしていないけれども、カントが言った意味での超越論的態度であると言えるでしょう。

いま二十世紀のことを言いましたけれども、十九世紀でもたとえばフロイトは超越論的態度を持っていたと思います。フロイトは「エス」「自我」「超自我」というのを構造として述べました。そのときに、一種のトポロジーとして、脳の構造に似せてそれを描いています。しかし、実際の脳とは何の関係もない。脳の研究者からすれば、どこに「超自我」があるのか、と言われてしまうような話です。つまり、経験的に見たときには、フロイトが言うような「エス」とか「自我」とか「超自我」とかいうのは見つからない。でも、フロイトから見れば、それらはどこかで働いているんだということになります。それが超越論的なものなんですね。つまり、存在しないが働きとしてあるということです。この「エス」「自我」「超自我」という構造は、カントの言う「感性」「悟性」「理性」という構造と対応しています。フッサールは、そんなものは無視してしまったわけですが、哲学と関係がない顔をしているフロイト、カントをいつもやっつけているフロイトのほうが、カントと同じ構造を見つけているわけです。また、カントは別のところでは「物自体」「現象」「超越論的仮象」（あるいは「理念」）という構造を考えています。フロイト自身ではありませんが、フロイトを継承したラカンが同じ構造を見出しているんですね。ラカンの言葉でいえば、「物自体」が現実的なもの、「現象」が象徴的なもの、「超越論的仮象」が想像的なものということになる。ラカンはその三つがいわゆる「ボロメオの輪」をなしていると言ったわけです。ジジェクみたいにラカンでカントを理解するというやり方をする人がいますが、ぼくはそれは逆だと思う。なぜカントが、フロイトあるいはラカンが見出すような構造を見出し得たのか。なぜフッサールはそれを見出し得ないのか。それこそぼくの言う「トランスクリティーク」の問題なんです。

カントがそのような構造を見出すときのカント自身の反省の仕方、内省の仕方はまったく現象学的ではない。何に似ているかといえば、精神分析に似ているとしか言えないんですね。カントは精神分析をやったわけではない。分析家になって患者を診たわけではない。しかし彼の批判の中に、すでに精神分析と同じ態度がある。つまり、一人でやっているんだけれども、フッサールが言う共同主観性というようなものとは違った種類の他者性があり対話がある。だから、カントの超越論的な批判が一番よく似ているのはフロイトの精神分析なんです。

であるなら、カントはどのようにしてそういう構造を見出していったのか。それがぼくのカント論の重要なテーマです。超越論的ということをフッサールのように考えてはいけない。まさにトランスヴァーサル、つまり横断的な部分がないと、カント自身が無意識の構造を見つけるような種類のトランセンデンタルな批判の仕方は決してできなかったはずです。

カントを震撼させた『批評の原理』

浅田　一つだけ注釈すると、カントは「超越的」と「超越論的」というのを区別したわけですね。超越的な神なら神が私の後見人になっているとすれば、その神に従っている限り、私は神がつくった世界を正しく認識できるし、その中で正しく行動できる。しかし、カントの言う「啓蒙」というのは、そういう後見人に依存する幼児段階を脱して大人として自立し、自分で自分の認識や行動に責任をとれるようになることなんですね。そうすると、たとえば自分が世界の中で何かを認識しているとき、それを超越的な神なら神が保証してくれることはもはやないわけで、自分が経験的に認識しながら、しかも、その経験的認識はいかにして可能なのか、どこまで行けてどこからは行けないのかということを、自分自身で考えなければいけない。それが経験的認識に対する超越論的反省です。だから、近代のカント的な主体というのは、経験的レヴェルとそれに対するメタレヴェルに同時に足をかけた主体、フーコーの言葉で言えば「経験的＝超越論的二重体」であると言われるわけです。

ただ、柄谷さんの観点は、普通は主体の中に垂直の構造が畳み込まれたように言われているけれども、そういう認識を可能にしたのは、たとえば精神分析での分析者と被分析者の関係のような横の関係、つまりトランスヴァーサルな関係なのだ、ということですね。

柄谷　カントに関してそれを見つけるのはなかなか難しいんですが、カントが使った「批判」（クリティーク）という言葉について考えると少しわかってきます。

「批判」という言葉は、日本語では「批評」と区別されていますけれども、昭和の初めぐらいまでは、西田幾多郎なんかを見ても「カントの批評哲学」と言っていますから、以前は「クリティーク」を「批評」とも言っていたんですね。「批評哲学」というのをやめて「批判哲学」になったのは、文芸批評の影響があると思います。特に小林秀雄みたいな人が出てきたので、「批評」と区別しなければならなくなった——必ずしも小林秀雄が「批評」であるとはぼくは思わないけれども。日本の哲学界を見ると、ドイツ哲学に対するフランス哲学という対立があって、フランス哲学はどちらかというと批評という形で入ってきた。アメリカで、六〇年代から七〇年代にかけて、フランス哲学が文芸批評という形をとったのと似ています。いまやアメリカでは「セオリー」（理論）というようになりましたけれども、ぼくの記憶でも、たとえばイェール大学にいたときに、デリダが講演に来ると、哲学科の連中は誰一人聴きにいかないんで、デリダはフランス文学ということになっていたわけです。日本で小林秀雄なんかが出てきたころにあった問題も案外そういうことではないか。「批評」と「批判」が日本では職業的に区別されていたのでしょうが、小林秀雄のやっていたことはある意味では「批判」だった。逆に哲学における「批判」のほうも実は「批評」と言わなければいけないんじゃないかと思うんです。

カント自身について考えていくと、よく言われるのは、カントが独断論のまどろみを破られたのはヒュームの懐疑論によってであるということですが、じつはヘンリー・ホームという人の『批評の原理』という本が一七六〇年代にドイツ語に訳されていて、カントはそれに震撼されているんですね。

それから間もなくカントが書いたのが『視霊者の夢』です。これは当時の有名な霊能者スウェーデンボリのことを書いた奇妙なエッセーです。そこでカントは、視霊者というのは実は脳病である、と言っている。にもかかわらず私は霊能者を認めざるを得ない、認めている私は入院候補者であると考えてもらってもいい、と言うんです。ここから「批判」の原型が出てくるんですね。まず自分の視点から見てみる。次に他人の視点から見てみる。そのときに二つの間に視差が生じる。この視差を通して欺瞞を批判できるんだ、と。『純粋理性批判』では、これがテーゼとアンチテーゼという言い方になって、いわゆるアンチノミー論になっていくわけです。

先ほど、カントの超越論的批判が精神分析に似ていると言いました。今までの哲学は必ず反省・内省というかたちをとる。反省・内省とは、「リフレクション」、つまり鏡に映すことです。鏡に自分を映して自分を見る――他人の立場で見るということです。「自分を鏡に映してみろ、おまえは何ものだ」と、そういう言い方になるわけです。ところが、鏡でどんなに反省してみても、実は自分のことはちっとも見えないんですね。そこへ、写真というものが出てきた。カントよりずっと後、一八三九年です。昔の写真というのは、肖像画とは違うけれど、撮るのにずいぶん時間がかかった。じっとしたまま五分くらいかかる。そして出来上がった写真を見た人はほとんどみんな「こんなのは私ではない」と怒ったわけです。テープ・レコーダーに録音した声も同じです。テープで初めて自分の声を聞くと、非常にいやな、おぞましい感じがする。デリダは、意識というのは、自分が話すのを聞くことだ、と言っています。内的に聞くわけです。ヘーゲルであれば、声を客体化することが大事で、その瞬間に意識は客観的になると言うでしょう。けれども、カントが言っている視差というのは、自分がこうだろうと思っている声と聞いた声との微妙な違い、その違いに気づいた瞬間に持つあるおぞましさ、「これはおれの声ではない」という一瞬の「抵抗」(フロイト)です。その瞬間だけ、一瞬ですよ、何かが見えるはずなんです。

自分の顔を初めて見た。自分の声を初めて聴いた。しかし、それはすぐに閉じられます。閉じられるということは、また表象になるということ、経験的なものになるということです。それが経験的なものと超越論的なもののズレだと思うんです。「物自体」というのは、そういうズレを指すと思います。カントが経験的なものと超越論的なものの区別をどのようにして獲得したかというと、『視霊者の夢』などに書かれているようなプロセスを通してじゃないか。とりあえずいまはそういうふうに考えています。

カントとマルクス

浅田　「批評」ということで言うと、超越的原理があるときには、美のイデアを体現しているものは正しい、そうでないものはだめだということで、本当は批評の必要はないんですね。超越的原理がなくなったところでは、この作品はいいのかどうかということを、主観的に、しかし普遍的妥当性を持つように判断しなければいけないということになる。これが近代的な意味での批評です。そのときに、たとえばホームだって、一方では合理論的に人間の本性から普遍的基準を演繹的に導き出そうとすると同時に、他方では経験論的にこれまでの例を積み重ねるなかから普遍的基準を帰納的に見出そうともする。その延長上で、カント自身、合理論対経験論、あるいは（新）古典主義対ロマン派といった、いわば〝様々なる意匠〟の間のどこでもない位置から批評をしなければいけない、それがすなわち批判なんだと考えるにいたったのではないか。

『視霊者の夢』だって、いわばジャーナリスティックな作品でしょう。ヨーロッパを震撼させた一七五五年のリスボンの大地震をスウェーデンボリが予知したということになっていて、じゃあスウェーデンボリは本物の視霊者なのかということが問題になる。そこで、これは脳病みたいなものだけれども、しかし無視できない、とはいえ無視できないと思っている私もおかしいのかもしれない、という複雑な態度が出てくる。しかも、同じことは「視霊者の夢」について言えると同時に「形而上学の夢」についても言えるはずなんですね。クーノー・フィッシャーはここに「二重のサタイア」を見ています。しかし、いっそう重要なのは、そこで獲得された「視差」による批評＝批判の方法が、『純粋理性批判』以後の批判哲学につながっていくということです。そういう意味で、『視霊者の夢』のようなジャーナリスティックな批評の言説が批判哲学を準備したと言えるのではないか。

カントの場合それはわかりにくいかもしれないけれども、マルクスの場合はもっと明白です。古典的な言い方では、ドイツの哲学、イギリスの経済学、フランスの社会主義の三つを源泉として、それらを総合したものが、マルクス主義だ、ということになっている。しかし、それは総合ではなく、哲学批判であり、経済学批判であり、あるいは社会主義批判であって、マルクス自身は常に移動しながらそれらを批判してきた。しかも、実際に空間的に移動しながらやってきたわけですね。

柄谷　マルクスの批判は、どこかに最終的な立場があって、そこから批判しているというのではなくて、たえず場所も移動しながらやっていくわけです。

ベルギーに亡命して、ドイツの哲学を批判する『ドイツ・イデオロギー』を書く。ドイツ観念論に対して、マルクスはほとんど実証主義的なことを持ってきて、経験的なことが重要だという形で批判する。そこだけ読むと、マルクスはまるっきり実証主義的な唯物論者だと思ってしまうほどです。それからマルクスはイギリスへ行き、直前にフランスで起きたクー・デターを分析・批判する『ルイ・ボナパルトのブリュメール十八日』を書いた。そしてさらに、イギリスで本格的な経済学批判に向かうわけですが、かつてドイツ観念論を批判したときとは違って、今度は経験論を批判したくなり、私はヘーゲルの弟子である、と言い出す。それもまた本気にとってはいけない。それが批評なんですね。つまり、マルクスはそのつどドイツの哲学やフランスの政治やイギリスの経済の「外」に立っています。しかし、その「外」は決して超越的な「外」ではない。たえず、自分自身がそこに属していたものの「外」に辛うじて立った、直前までそこにいたその人が書いている、そういう感じなんです。マルクスの立場というのはそのような批判をおいてない。そしてその批判は必ず移動を伴っている。一つの現実の中に属している限り、いくら批判的になろうとしてもその中に属してしまう。ヘーゲル体系ならヘーゲル体系の中に属してしまうわけです。言い換えれば、マルクスの批判は必ず現実との差異においてしかない。それが具体的に場所の移動を伴っていたということです。

しかし、たしかにマルクスはイギリスに亡命しましたけれども、亡命が大事だとはぼくはあまり思っていません。実際のところ五〇年代の半ばくらいには帰国の許可が出て、事実ドイツに一回帰っていますが、またイギリスに戻った。なぜ戻ったか。ドイツにいたって『資本論』は書けないということです、資本主義がないんですから。だから、彼はイギリスにいたとしても、亡命者としていたのではない、自分の仕事のためにいたわけです。その意味で、たんに移動するから偉いということにはならないと思うんです。

マルクスとまったく対照的なのがカントです。カントがいたケーニヒスベルクは東プロイセンにあって、いまで言えばロシアなんですね。ポーランドよりもっと東で、カリーニングラードという名前に変わってしまっている。ぼくも昔はそれを知らないで、頭の中でカントはドイツの哲学者だと思いこんでいました。面白いことに、ロシアがケーニヒスベルクを支配すると、カントはロシア皇帝に感謝状を送っているんです。プロイセンと違って啓蒙的な皇帝についていただいてありがとう、という感じで。誰だってかまわないんです、彼にとっては。だから、ドイツ人がカントをドイツの哲学者だと思う、その意味では、カントは全然ドイツの哲学者ではないわけです。もちろん、彼自身、自分はプロイセンにいると思っているし、移動する気はない。ある意味では全くの田舎にいるんだけれども、そこからほとんど動いたことがないんですね。ただ、ケーニヒスベルクは港町ですから、ベルリンなんかよりもずっと開けていた。バルト海の貿易のせいでイギリスは船で行けるほど身近だったんですね。カントは大学では哲学は教えていません。教えていたのは地理学と人間学です。かなりインチキが多く、「日本人はこうである」とかいろいろ書いている。どこにも行ったことはないカントだったけれども、いろいろ本を読んで、世界中のことで知らないことはないという感じで、デタラメを書いているんです。『純粋理性批判』を書いた人が、大学では非常に具体的なことばかりやっていたわけです。

でも、カントは、実際には動いていないにもかかわらず、世界を移動しているというのと別の意味で非常に動いている人です。なぜかというと、ベルリンに何度も呼ばれるのに、断っているわけです。ベルリンは政治的中心でもあるし文化的中心でもある。みんなベルリンに行きたいと思うところです。だから、ベルリンに行ってしまうと、国家の人になるに決まっている。フィヒテからヘーゲルから、みんなそうなります。戦前の京都学派でいえば和辻哲郎がそうで、東京大学に呼ばれたら本当に国家の人になってしまう。だから、ベルリンに行ったら終わりなんです。それを、カントは絶対に行かないで、ケーニヒスベルクにとどまった。言い換えると亡命したわけです。動かないことで動いている。事実移動はしてないけれども、そのこと自体が批評性においては移動である。移動しないことが移動であるというふうになっていると思うんです。だから、カントの批評=批判というのも、そういう場所的な問題なしには語り得ないと思います。

ヘーゲル批判としてのカント

浅田　マルクスが亡命なり何なりで実際に地理的に動いたことが重要なのではなくて、動かずして動いていたカントと同じように、さまざまな領域を移動しながら、たとえば合理論対経験論といった立場の間のそれ自体としては存在しない場所から批判を展開したことが重要なんだというわけですね。

マルクスは、ドイツの哲学、とくにヘーゲル左派から出発する。そこには、たとえばフォイエルバッハのような人がいて、人間の類的本質が疎外されているのをふたたび取り返そうというような疎外論を展開していた。ところが、それに対して、シュティルナーが『唯一者とその所有』を出して、柄谷さんなら「単独者」と呼ぶであろう「この私」、類に属さない「この私」から出発しなければいけないんだ、と主張した。フォイエルバッハが「類が実在する」という実念論に立っているとすれば、シュティルナーはそれに対して「個しかない」という唯名論の徹底を目指すわけです。その両方をどう乗り越えるかというところから、「人間の本質はその現実性においては社会的諸関係の総体である」という有名なテーゼをへて、超歴史的な「人間」ではなく、そのつどの生産関係に規定された存在——資本主義でいえばブルジョワジーとプロレタリアートに即して理論を展開していくことになるんだと思うんです。

カントの共通感覚と「普遍性」

柄谷　ドイツの哲学はカントからヘーゲルに至るまで、そんなに時間がたっていない。カントが死んだのは一八〇四年で、ヘーゲルが『精神現象学』を書いたのが一八〇七年です。はるか前にフィヒテも知識学の論文を書いているし、シェリングもとうに自著を書いている。だから、カントが生きているときにすでにいわゆる観念論は全盛をきわめていたわけです。

マルクスがいたころのドイツでは、カントは嘲笑の対象だったと思います。ヘーゲル左派は、ヘーゲルをあるかたちで徹底していって批判の武器に使おうとした。カントというのは、そのころはどうしても出てこなかった。しかし、ヘーゲルを根底的に批判した人は基本的にカントに戻っています。その一人がキルケゴールですね。カントでいうと「感性」と「悟性」は総合できない。「総合判断」というけれど、想像的には総合できても、現実的に総合するとなると「命がけの飛躍」が要るんだということなんです。キルケゴールはその飛躍にこだわったんですね。それをマルクスでいうと、商品を交換して使用価値を交換価値にするというのはまさに「命がけの飛躍」なんだ、と。まず売れなければならない。売れなかった場合にはみじめなもので、まさに商品の「死にいたる病」（キルケゴール）ですね（笑）。こうして、カントのいった感性と悟性のギャップの問題は、そのような言葉は使わないけれども、キルケゴールの中で繰り返され、マルクスの中でも繰り返されるわけです。

シュティルナーについても同じですね。シュティルナーはいわば感性的なものの個別性を言ったと思うんです。それは類にはならないのだ、と。そのときにカントは実は同じような問題を考えていたわけです。それは三批判の最後に書かれた『判断力批判』においてで、そこでは「趣味判断」などが問題になる。『純粋理性批判』では、カントは主観一般について書いているわけで、たくさんの主観は出てこない。ところが「趣味判断」になると、たくさんの主観が出てくる。趣味はみんなそれぞれが判断しなければいけない。そうである以上、それぞれが違う。にもかかわらず、「おれはこれが好きだ」というだけではだめで、その判断は普遍性を持たなければいけない。

ところが、それがどうしてもうまくいかないんですね。それは先ほど言ったようにホームがイギリスで考えていた問題です。カントはそれに対してある解答を与えた。それは共通感覚というものです。普遍的なものは要求ではあるけれども見つけられない。常に要求としてはあるわけですよ。しかし具体的には共通感覚というものを持ってくる。これは歴史的に形成されるもので、文化によっても違うでしょう。ある時代にある国の人がそれがいいんだと思っていれば、それが共通感覚です。本当は普遍性ということを言うためにはそれではだめで、十九世紀の人がいいと思っても二十世紀の人はそうは思わないだろうし、西洋人がいいと思ってもほかの人はそうは思わないだろう。しかし、とりあえずは趣味判断を支えていくのは共通感覚である。それを破っていくのが天才で、天才が出てくると共通感覚そのものが変わっていくんだということです。

『判断力批判』は最後に書かれていますから、みんなカントが最後に考えたと思っていますけれども、先ほど言ったように、カントの批判そのものがホームによる文芸批評の問題から始まったとすると、すべての批判の前提にそれがあったと思うんです。一般的な常識では、『純粋理性批判』は自然科学を扱っていて、そこには普遍性があるけれど、『判断力批判』は芸術を扱っていて、そこにはそういう普遍性がないから、共通感覚という言葉でごまかさざるを得ないのだ、と言われている。しかし、そう言っていいのか。ぼくはその問題は初めからカントの中にあったはずだと思うんです。

科学史・科学哲学のほうでトマス・クーンという人がいて、「パラダイム」ということを言い出した。科学的認識に普遍性はない、科学的命題の真偽は常にあるパラダイムの中で決まっているにすぎない、と。これは考えてみるとカントが共通感覚と言ったことと同じなんです。クーンがそのときやっつけたのはポパーです。ポパーは、科学的命題は反証可能でなければならず、反証が出ない間はそれが暫定的な真理として妥当するんだ、と考えた。これは普遍性の問題をうまく時間的にずらしたものだと思います。あるものが普遍的にあてはまるかどうかという場合、経験的にどんなに調べあげても、まだ残りがある。たとえば「人間はこうだ」と言っても、すべての人間を調べなければならないし、調べれば変な人がいるに決まっているわけです。だから、普遍的であると言うためには、全部調べあげるという形では言えない。誰かが反論してくる余地があって、しかし反論してこなければ、とりあえずは普遍的なんだと言えるわけです。

カントは普遍性と一般性を区別します。一般性というのは、経験的に見て一般的に言えることという意味です。他方、普遍性というのは、自然科学でいえば、ほとんど実験をしなくても、科学的な真理として言えることです。たとえばコペルニクスの地動説は実証しようがない。ニュートンの力学だって実証しようがないんです。湯川秀樹が、ソ連の人工衛星が飛んだ次の日の物理学の授業で「やっとニュートンの万有引力が実証された」と言って、聴いていた学生がショックを受けたそうですが、実証とはそんなものです。普遍性というのは、誰かが反論しない限り普遍的なんだということで、全部実証し尽くすのではない。つまり、普遍性を言うということは、誰かが反証を持ち出すであろう、そのような他者を設定しておくということだと思うんです。

ここでさっきの話に戻ると、人間の類的本質の回復を言うフォイエルバッハに対し、シュティルナーが「おれは類ではない」と言ってそこに亀裂をつくった。そこからマルクスは普遍性というのを別の形で出してきた。それは類や一般性とは違って、社会性という形をとったんだと思うんです。

マルクスの経済学批判

浅田　マルクスは一八四五年に、前年まで自分もその中にいたドイツの哲学、とりわけヘーゲル左派の哲学の大騒ぎを外から相対化する『ドイツ・イデオロギー』を書いた。ドイツの哲学者たちは世界をいろいろに解釈して、神に疎外されていたものをわれわれの内に取り返すとか、貨幣に疎外されていたものをわれわれの内に取り返すとか、解釈の変更ばかりやってきた。しかし、重要なのは世界を解釈することではなく変革することだ、というわけです。そこで、類でも個でもない、社会的諸関係に注目する。生産関係に規定された存在、資本主義でいえばブルジョワジーとプロレタリアートを中心におく。そして、ブルジョワジーに対するプロレタリアートの階級闘争という形で現実的な社会の変革を構想するんですね。ある意味で、カントが合理論と経験論の双方を批判したように、フォイエルバッハ的な実念論とシュティルナー的な唯名論の双方を批判しつつ、新しいヴィジョンを出した。しかもそのヴィジョンは、廣松渉の言うようなホーリズムとアトミズムを越える関係主義といったものにとどまらず、生産と闘争に基礎をおき、またそれにつながっていくようなヴィジョンだったわけです。

こうして『ドイツ・イデオロギー』が書かれるわけですが、それは四八年の二月革命の前夜ですね。そしてフランスで革命が起き、あれよあれよという間に、五一年には、ナポレオンの甥という以外に何の取り柄もない男がクー・デタによって政権を掌握する。マルクスは、この事態を、翌年の『ルイ・ボナパルトのブリュメール十八日』で分析してみせた。フランスは、ドイツのようなイデオロギーではなく、政治的なリアリズムで動いていたつもりであるにもかかわらず、現実的な階級構造と代表制とのズレから、ボナパルティズムを許してしまったという分析です。そこには、たんに生産力と生産関係からすべてが決まるといった、後の「唯物史観」の公式とはほど遠い、最良の意味でジャーナリスティックな具体的分析があります。

柄谷　フランスの場合はまがりなりにも普通選挙が成立していたわけで、「ブリュメール十八日」にいたる政治過程はすべて選挙と議会を通じて起こります。その場合、現実の階級関係が議会の中で代表されるはずなんだけれども、代表されるものと代表するものの間には必然的な関係はなく、つねにズレがあって、そこから最終的に、ルイ・ボナパルトという何者でもない人間がすべてを代表する形で登場してきてしまう。それを分析するには、代表制そのものの問題を考える必要があり、マルクスはそれを実に見事にやっています。たんに階級関係だけから考えているんじゃないんですね。

浅田　マルクスはそのあとイギリスで本格的に経済学批判の仕事と取り組むことになります。イギリスにはスミスからリカードに至る古典経済学があり、さらにリカード左派があった。リカード左派はヘーゲル左派と共通するところがある。労働価値説というのは、単純にとれば、労働生産物の中に汗がしみこむように自分の労働が凝結するという感じになり、これは労働生産物の中に人間の本質が疎外されるというのと同じことになる。そして、それと等価な賃金が与えられないとすれば、その差、つまり剰余労働は疎外されたままになってしまい、それが搾取されて資本家の利潤になる、つまり、十二時間働いたのに十時間分の賃金しか出さないとすれば、二時間分は資本家がただ取りしている、ということになるわけです。リカード自身はそこまで言ってないけれども、リカードの弟子たちの中には、労働者がそれを取り戻さなければならないと主張する者も出てくる。さらに、後になってそれに影響されたプルードンが、たとえば十時間働いた人には十時間分の労働証書を出して、それを貨幣の代わりにしたらどうか、などと言い出すわけです。

それに対してマルクスは、フォイエルバッハに対してシュティルナーを持ってきたように、ベイリーの相対価値説を持ってきて、実際の交換の場で商品が買われない限り、どんなに汗がしみこんでいようが、それは商品としては死に至るだけだ、ということを強調する。買われることによって初めて、投下された労働が、社会的に必要な労働として認知される、ということを重視したわけです。たしかに、『資本論』の冒頭では、いわゆる蒸留法によって労働が商品の価値の実体として見出されるけれども、その後の価値形態論で、そういう単純な見方は事実上乗り越えられるんですね。言い換えれば、単純な労働価値説でよければ、価値形態論は必要なかったはずなんです。

だから、スミス―リカード―リカード左派―マルクスという流れにマルクスを取り込んでしまうと、それこそ古典経済学のパラダイムの中の一変種に過ぎないということになってしまう。むしろマルクスは、重農主義から古典経済学につながる流れの前にあった重商主義的な交換の論理をもう一回持ってくることで、社会性という問題を経済学に持ち込んだんですね。

「剰余価値」とマルクス

柄谷　マルクスに関して一般的な誤解があって、剰余価値ということを言い出したのはマルクスだと思っている人が多いんですが、それは違います。初期マルクスは、さっき言われたようにフォイエルバッハの後から出発しているけれども、類的本質の疎外という論理を経済の領域に持っていって、貨幣は人間の類的本質の疎外であるというふうに適用したのがマルクスだというのはウソで、モーゼス・ヘスという人が先にやっているわけです。そんなところにマルクスのオリジナリティを見つける必要は全然ありません。その意味で言うと、イギリスのリカード左派は、リカード自身はそこまでいく気はなかったけれども、利潤を考えていったらどうしても剰余労働に突き当たることになったわけですね。かれらはリカードを間違って読んでいるわけではないんで、リカード自身の中にその可能性があったと思います。リカード左派はすでに二〇年代からたくさん本を書いています。チャーチスト運動をはじめ、イギリスの労働運動は、ほとんど全部リカード左派の理論によっています。マルクスのごときドイツの田舎者が行ったイギリスでは、すでに三十年も前から労働運動があった。フランスはまだ遅れていて、プルードンなんかがリカード左派のものを読んでいろいろ考えていたという状況です。ですから、マルクスが経済学をやり出したとき、古典経済学批判というけれども、それは同時にリカード左派批判でもあったわけです。当然それはプルードン批判にもなりますけれども、もっと大もとには、リカード経済学で資本主義批判をやった連中がいるわけで、むしろマルクスはそれを批判していると読むべきなんです。剰余価値論でもって資本主義を批判したのがマルクスだというのは間違っていると思うんで、それではマルクスに固有の批評性というのがなくなってしまうわけですよ。

いわゆる俗流マルクス主義の主張のようになっている「資本家は搾取している」というのは、宣伝としては効くんです。「うちの会社は利潤があがっている、それはおれたちからの搾取によっているんだ、だから給料をもっと上げろ」とか、そういう理屈にいつも使われている。でも、それでは必ず矛盾が起こるんです。もしその会社が赤字で倒産しかけているとすると、利潤はなかったわけだから、剰余価値はなかった、その無能な経営者はいい経営者だということになるでしょう。つまり、生産過程の中で剰余価値を実体的に見た場合には、矛盾が起こるに決まっているわけです。なぜか。労働者がつくったものが買われてはじめて剰余価値が実現されるわけで、買われるまではつくっただけなんです。では誰が買うのか。労働者が買うんですよ。

話が飛ぶけれども、現在、「労働運動は終わってしまった、われわれは市民として消費者運動をやるんだ」なんて言う人がいますが、マルクスはちゃんと書いています、「労働者は買う場所においては消費者として現れるんだ」と。だから消費者運動は労働運動なんです。それなのに、「マルクス主義的な労働運動はもう終わってしまった、われわれは市民として消費者運動をやっている」なんてバカなことを言っている連中がいる。あれは労働運動だと考えると、何も変わってないんです。労働者が買わなかったら、剰余価値は発生しません。資本家だけが買っていてどうするんですか。だけれども、労働者は自分の会社のつくったものは買いません。ほかの会社の労働者がつくったものを買うわけです。マルクスはウンザリしながら書いているけれども、資本家は、自分の労働者の賃金は安くしたがるが、ほかの会社の労働者の賃金は高くしてほしがっている、と。それは自分にとっての消費者だからですね。それで、資本家たちが相談し合ったというか、日経連（日本経営者団体連盟。後に経済団体連合会と合併して日本経済団体連合会となる）みたいな感じでやっているのが、ケインズ主義です。お互いに賃金を上げ合うことでお互いに買わせようというわけです。

浅田　マルクス主義の流れで言うと、ベルンシュタインなんかは、生産力が発展していけば、労働者の要求が資本家をつき動かしてだんだん賃金水準が上がっていくというように、漸進的な改良主義・進歩主義に傾斜していった。しかし実際に資本家の側が労働者の要求をとりこんでそれなりの賃金を払うようになるのは、労働者の購買力を維持して商品の販路を対内的にも確保していこうとしたからなので、それは他方における対外的な帝国主義的政策とあいまって、資本の利益をずっと長期的に守ってきたわけですね。

マルクスに戻ると、かれはリカードの価値実体論に対して、ベイリーの価値相対論を持ってきて、その双方を批判する形で『資本論』を書いたわけです。それに先立つ五〇年代に『経済学批判要綱』や『経済学批判』を書くわけだけれども、『資本論』になると、それまではなかった「価値形態論」というのが、初めのほうに出てくるんですね。商品が交換される中でいかに社会的に妥当する価値を獲得していくかということを、そこで延々と展開する。あれはリカード左派でいえば全く必要ないでしょう。

柄谷 必要ないですね。『経済学批判要綱』は面白い仕事です。でも、いま『経済学批判要綱』に帰ろうというネグリのような人たちがいるわけですが、それでは根本的にだめだと思います。なぜかというと、その段階からマルクスはもう一度批評的な場所に追い込まれていくわけです。

労働価値説というのは、各商品に対象化された労働として価値が内在しているという考えです。それは哲学でいうと、個の中に類があるというのと同じことで、いわばライプニッツ的な合理論になる。あらゆるモナドの中に精神が含まれているという考えですね。ところが、カントが独断論のまどろみから目醒めさせられたという、その独断論というのが、まさにそういうライプニッツ的な合理論だったわけです。カントの目を醒まさせたのはヒュームです。ヒュームから見れば、因果律にしたって、法則としてはないんで、単に習慣にすぎない、ア・プリオリにあるわけではないんで、何回も繰り返されているからそういう習慣ができてきているだけだ、ということになる。自分というものすらもなくて、単に知覚の束がある。「内閣が代わったから私は知りません」とかエリツィンみたいなことは言えないから、前の自分の責任を自分でとる、そういう意味で自己同一性があるだけで、一貫した自分などというものはない。ヒュームはそういう懐疑を徹底してやったわけで、たえずヒュームに戻らないとカントは理解できないんです。

それをマルクスの文脈で言うと、労働価値説に対してベイリーが持った意味は、まさに合理論に対してヒュームが持った意味と同じです。商品の中に内在的価値なんてものは全くないんだ、交換されなければだめなんだ、と。商品同士は交換されないわけで、貨幣を介して交換されるんだけれども、貨幣に交換された結果として価値を持つんだと言っているわけです。逆に言えば、古典経済学の中では貨幣というのは問題にされない。常に労働価値を持ってくるから、貨幣は二次的にそれを表す章標みたいなものに過ぎない。だからプルードンであれば、貨幣のかわりに労働証書を出せばいいというふうになるわけです。

ベイリーは二〇年代にリカードを批判した人ですが、ある意味でベイリーの線に現在の近代経済学はあるんですね。一般にマルクス経済学と近代経済学を対比させるけれども、マルクスは労働価値だけでなく使用価値の面を重視したということを、どちらの側も忘れている。近経（近代経済学）の人も知らないし、もちろんマル経（マルクス経済学）の人も知らない。マルクスは労働が価値だと言っているけれども、労働価値というものがあったとしても、商品が交換されなければ価値として実現されないわけだから、まずもって商品に使用価値がないといけない。それを効用と言ってもいいわけですよ。その面をマルクスは非常に重視したんだということは重要です。「価値形態論」というのはそういうものなんですね。

その意味でマルクスの仕事は非常にカント的な批判であるとぼくは思っています。

『資本論』

浅田　『資本論』の第一巻は六七年に出ますけれども、七〇年代初めに、イギリスのジェヴォンズ、オーストリアのメンガー、スイスのワルラスといった人たちが、いわゆる近代経済学を始める。価値を、生産において投下された労働ではなく、消費において享受される効用に求める考え方です。それが現在のいわゆる新古典派経済学につながっていくわけですね。そこで経済学における新しいパラダイムが出てきたと言われています。しかし、相対価格しかないんで、その背後に実体的な価値なんてものはないんだということなら、すでにベイリーが言っていた。マルクスは一方でそれを使いながら、他方で価値という次元も維持することで、利潤を剰余価値としても見るという、まさに視差に基づく複合的な批判をやっていると思うんです。

今までの見方では、マルクスを古典哲学や古典経済学の変種として見てしまっている。

だから、人間的本質に基づくヒューマニズム、あるいは労働価値説に基づく剰余価値論として解釈してしまう。それはしかしむしろマルクスの前提としてすでにあったもので、それに対する批判がマルクスの一番の仕事だったんじゃないか。

柄谷　そうですね。それと、価値から価格への転形問題に関して、ベーム゠バヴェルクというオーストリアの近代経済学者が『資本論』第三巻でマルクスは変質したと批判しています。彼は、マルクスが第三巻で労働価値説を放棄しているのではないか、第一巻で言っていることと第三巻で言っていることは違うではないか、と非難したわけです。しかし、ぼくの考えでは、超越論的なレヴェルと経験的なレヴェルは違う。第一巻では、資本一般が論じられますが、第三巻では、多数の資本が出てきて、その競争が論じられる。それはちょうど、『純粋理性批判』において、主観というのは主観一般であるのに対し、『判断力批判』になると、多数の主観が出てきて、それぞれが違うことを言い出し、そこで共通感覚というのが形成されるのと同じです。マルクスは第三巻では資本の競争を扱った。たとえば産業別でいろいろ違うわけで、非常にたくさんの固定資本が要る産業と、あまり固定資本が要らない産業では、利潤率はそれぞれ違ってくるわけです。そこで、資本は儲からないところから逃げていき、儲かっているところに投入されるので、均衡状態を仮定すると、そこでは平均的利潤率が成立するんだ、と。そうすると、剰余価値率と平均利潤率との関係はどうなっているのか考えなければならなくなる。多数の資本というのを考えたから、そういう具体的なことをやらなければならなくなったわけです。ぼくはそれを転形というかたちで考えるのは間違いだと思う。そこに矛盾があるとか言うけれど、とりあえず均衡ということをマルクスは考えていたわけで、近代経済学を勉強していたらもっと数学的な武器を使えたと思うんです。

浅田 実際、置塩信雄や森嶋通夫がやったことはそういうことで、投入と産出の関係がリニアだと仮定した場合、価値のレヴェルで搾取率が正だということと、価格のレヴェルで利潤率が正だということは、数学的に同値だということを証明した。ただしそれは、価値という実体が価格として現象するとか、剰余価値という実体が利潤に転形するとかいうふうに見るべきではない。むしろ、同じ事態を違うレヴェルで見て、その視差から理論を展開しているんだと見るべきでしょう。

ともあれ、『経済学批判要綱』ではまた疎外論的なところに戻るかに見えたマルクスが、『資本論』第一巻では価値形態論でそれを批判し、第三巻では後に近代経済学がやったようなことをやろうとしている。そういう切断が絶えず起こっているわけで、四五年に一度起こって終わりというわけではない。そういう絶えざる移動がつまり「トランスクリティーク」ということだと思うんです。

柄谷 『資本論』の第三巻というのは実際にはエンゲルスが編集したもので、マルクス本人としては不本意でしょうね（笑）。あそこには第一巻の視点があまり入っていない。実際にはかなり変えていたはずのものだと思うんです。たとえば、第一巻でも、いま普通に読まれているのは第二版以降ですけれども、第一版では「価値形態論」は付録なんです。マルクスはそれぐらい構成を変えてしまう。つまり「価値形態論」はどんどん大事になっていったわけですね。そういうふうに根本的な修正をする人ですから、第三巻なんてめちゃくちゃに変えただろうと思うんです。そもそも、経験的な経済学、つまり近経みたいなものも、相当本格的にやろうとしていた。だから突然中学校からの数学の勉強を始めて、微積分をやり出したりするわけです。

物自体と他者

浅田　強調しておくべきことは、マルクスという人は常に地理的にも領域的にもどんどん移動していただけに、まとまった本をほとんど残していないということです。さっきから『ドイツ・イデオロギー』とか『経済学批判要綱』とか言っていますけれども、そんなものを彼は本として刊行していないわけで、今世紀になって初めて刊行されるわけですね。それで突然、初期マルクスの疎外論が復活してみたりする。マルクス自身は、そういうものを乗り越えつつ、最終的に『資本論』にいたるわけだけれど、それさえも第一巻以後はエンゲルスの手で編集されている。さらに言えば、エンゲルスが、いわゆる弁証法的唯物論、自然弁証法、史的唯物論という、後にソヴェト連邦で聖典化されるような一貫性を持った体系を捏造したわけでしょう。

柄谷　エンゲルスはヘーゲル哲学を完全に移しかえたわけです。ヘーゲルの論理学であれば唯物論的弁証法だし、自然哲学であれば自然弁証法だし、歴史哲学であれば史的唯物論だし。そういう形でマルクスが批判としてやってきたものを一つの哲学体系にしてしまおうというのがエンゲルスです。その意味で、「マルクス主義」をつくったのはエンゲルスです。それは全然だめなものだと思います。

浅田　しかも、それを一種の戦略的な意図からもっと単純化したのがレーニンだと思うんです。『唯物論と経験批判論』というのがありますね。経験批判論というのは、ヒューム―マッハ―ボグダーノフというラインで、現在でいうと廣松渉みたいなものです。客体がそこに物としてあり、主体の認識はそれを反映するだけだというけれど、本当は「物自体」などというのはあり得ないのだ、と。それに対してレーニンは「いや、物自体はある」と言おうとしたのではないか。それはいいんだけれども、ただ、あたかも客体が物としてそこにあり、主体の認識はそれをいっそう精密に反映することによって真実に近づくという、それこそポパーよりも素朴な議論に戻ってしまいかねないところに問題があったし、現にスターリンがそうやってしまった。こうして、エンゲルス―レーニン―スターリンという線で、「弁証法的唯物論」と称しつつもはや弁証法的とさえ言えないような教条的唯物論が形成され、それを基礎とする「マルクス主義」の体系がドグマとして打ち立てられてしまったというのは、非常に不幸なことだったと思います。

他方、経験批判論を踏まえて、たとえば廣松渉のように協働連関に基づく共同主観的認識構造を考えるとしても、それは物自体を認めない限りにおいて唯物論ではなくなってしまうでしょう。その点、アルチュセールは、各々のレヴェルが相対的自律性を持った複合的構造を考えながらも、経済的なものによる最終審級における決定を認めること、言い換えれば、合理論の権化でもなければ十八世紀唯物論の先駆者でもないスピノザを持ってくることで、あくまで唯物論的な構えを貫こうとするわけで、そこが廣松渉と違うのですが、そのスピノザ主義はきわめて難解だと言わざるを得ません。

そういう文脈でいうと、今日の話のように、さまざまな立場から来る視差に基づくカント的な批判に焦点を当ててマルクスをとらえる場合、最終的に、それが唯物論だと言える根拠は何かというのが、もう一回問題になってくると思うんです。カント自身について も、視差、あるいはアンチノミーというのが、物自体とどう関係しているのか、いまひとつはっきりしていないですからね。

柄谷　そうですね。ぼくの考えでは、カントの場合、物自体といっても、『純粋理性批判』では本当に物のほうを見ているけれど、『実践理性批判』になると、他の主観、つまり他人のことを言っていると思うんです。しかし、認識上も、物自体を考えるとき、他人を持ってこないとだめなんですね。自然というのは物を言わないわけで、反証といっても、誰か他人が反論するわけですよ。だから、物自体と言っているときには常に他人が、他人の感性が入っている。逆に言えば、感性というのは常に他人のものなので、だからこそ感性と悟性の分裂が問題になるわけです。全部自分の中にあるんだったら、感性的段階—悟性的段階—理性的段階とヘーゲルみたいにどんどん発展して、最後は廣松渉みたいに「学知的立場」に立つとかいうことになる（笑）。そういうふうに自己完結できないということが、唯物論的ということなんでしょう。

浅田 観念論はもちろん、いわゆる弁証法的唯物論も、すべてが内生的に発展していくような一貫した体系になっている。そこには要するに視差がないわけです。唯物論といったって、視差がない唯物論は、その限りにおいて観念論ですよね。

柄谷 そうです。カントが『プロレゴメナ』で書いていますけれども、私は観念論者ではない、物はあるに決まっている、と。物自体は認識できないと言っているだけです。マルクスだって普通にそういうことを言っているわけですよ。

それから、『資本論』はヘーゲル的な弁証法にそって展開されるけれども、ところどころに歴史が出てくる。資本の原始的蓄積なんかはまさにその例です。だから、昔は『資本論』を論理として読むのか歴史として読むのかで大論争になった。経済学者はどちらかというと歴史的な部分を削って論理だけでやりたがる。そうすると、きれいなヘーゲル的循環ができるわけです。最初に商品から始まり、最後に株式という形で資本そのものが商品になるところで終わる。みごとなヘーゲル的循環です。けれども、マルクス自身は、そういう観点からするとじつに不純に書いています。論理そのものの発展を認めていない。横からある種の偶然性を入れてこないとだめなんです。それが歴史なんですね。歴史的に何かが起こってくるとき、それは向こうから来る。それがマルクスの唯物論的認識だと思うんです。

浅田　宇野弘蔵から鈴木鴻一郎や岩田弘にいたる人々がやった『資本論』のヘーゲル的体系化は、それはそれで見事だけれども、マルクス自身はそういうふうにきれいに体系化しようとせず、むしろ、常に横からの介入を挟みながら話を進めている。そこがまさにトランスヴァーサルなところですね。

世界資本主義

柄谷　もう一つつけ加えたいことがあります。マルクスの『資本論』は、よく言われているように、イギリスをモデルにしている。その当時のイギリスは自由主義政策をとっていた。それは他の国が、インドやヨーロッパ諸国も含めて、イギリスに原料を提供し、イギリスの生産物を買うという関係に置かれているから成立していたことです。イギリスだけで剰余価値が生じるという話は成立しないわけです。あくまでも世界市場の中でイギリスの資本主義の発展が起こっている。これは、従属理論とか、ウォーラーステイン流の世界システム論によって強調されるようになった観点です。

ぼくは、『資本論』はイギリスを一つの閉じられた経済として考察しているけれど、資本主義は始めから世界性としてあるんだと思います。世界がそこに内面化されているものとしてあるということですね。だから、『資本論』はすでに世界資本主義論なので、イギリス経済論ではない。そこに出てくる労働と資本と土地所有にしても、イギリスの中だけで見たらおかしくなる。イギリスの中では資本家のみならず労働者も結構利益を得ているわけで、労働貴族みたいになっていた。だから、事実はマルクスの言っていることと合わないではないか、などと言う人がいる。けれども、世界経済を全体として見たときには、階級の分解と対立がどうしても起こってくるわけです。みんな一国単位で読むから、マルクスは乗り越えられたとかいうことになるけれども、いまの新自由主義の時代は、各国がそれぞれケインズ主義的に労働者を何とかごまかしてやっていくというようなことがだんだん通用しなくなってきて、もう一回マルクスの生きていた時代に似てきているわけです。だから、マルクスの世界資本主義論的な視点は、いまのほうがずっとわかりやすくなっていると思うんです。

浅田　その意味で、宇野弘蔵の言う原理論・段階論・現状分析の三分法には無理があるんで、純粋な一国資本主義をモデルとする原理論なんていうのは不可能なんですね。商人資本が産業資本になるというけれども、純粋な産業資本主義というのはあり得ないので、十九世紀のイギリスだって産業資本主義を中核としながらもいわゆる自由貿易帝国主義によってはじめて発展し得た。その意味でまさにそこには世界性が組み込まれていたと思うんです。

ただ、特に今世紀の三〇年代からのほぼ半世紀間は、社会主義との対抗上も、資本主義が各国単位でケインズ主義的あるいはフォード主義的な労資の妥協をはかってきた。もう一つ大きいレヴェルでいうと、資本主義圏に対する社会主義圏というのがあり、それらに対して第三世界というのがあった。こういう分割が、世界資本主義をはっきりした形では見えにくくしていたわけです。

柄谷　それから、戦前にはもうひとつファシズムというのがあった。これは明らかに社会主義に対抗して労働問題・農業問題を解決しようとした試みです。その大先輩はルイ・ボナパルトなんですね。現に、ムッソリーニにしてもヒトラーにしてもみなルイ・ボナパルト的な人が選挙を通して大統領になり総統になっていく。いわば「ブリュメール十八日」を反復したわけです。

浅田　社会主義も二〇年代にははやくも変質して一国社会主義になり、スターリンのもとで全体主義化する。それに対抗してファシズムが出てくるけれども、これはおっしゃったようにボナパルティズムの再版みたいなものですね。ルイ・ボナパルトというのは当時の社会主義者で、『貧困の絶滅』などというパンフレットを書いていたかと思ったら、最終的には皇帝になってしまった。それと同様に、ムッソリーニなんかは明確に社会主義者だし、ヒトラーですら国家社会主義者ですからね。そのような形で資本主義の矛盾を何とかカヴァーしようとする。そして実際に戦争によって完全雇用を実現するわけじゃないですか。そうすると資本主義の側も社会主義や全体主義に対抗して変質せざるを得ない。そこでケインズ主義が出てくる。実際、ケインズ政策を実行したルーズヴェルトなんていうのは、ある意味でボナパルティズム的な皇帝的大統領でしょう。付け加えれば、日本でも、三木清などは、「近代の超克」と称して、英米型の資本主義、ロシア型の社会主義、ドイツ型の全体主義、そのすべてを乗り越える協同主義を唱えたりもした。

柄谷　近衛文麿の新体制ですね。あれも一種のボナパルティズムですよ。

浅田　それがだいたい三〇年代に出そろったパターンだと思うんです。そのうちファシズムは第二次世界大戦で敗北したけれど、資本主義圏と社会主義圏は戦後もおよそ四十五年にわたって対立を続けた。しかも、資本主義圏の内部では、一国ごとにケインズ主義的な妥協が図られてきた。しかし、七〇年代に入って、一方でそういうケインズ主義国家が破産に直面する。他方で、ボーダーレスな資本の動きが加速され、いまではグローバルな電子情報網に支えられて巨大な資金が世界中を駆け回るようになっている。八〇年代のサッチャー＝レーガン型の新自由主義というのは、そういう趨勢を国家の側から認めてしまったわけです。もうケインズ主義的妥協は無理だ、この際、グローバルなメガコンペティシヨンに勝ち抜くためにも、弱者は切り捨てていくほかない、と。いわば資本主義の野蛮な先祖返りですね。その結果、文字通りの世界資本主義が成立することになった。そこでは、一方における過剰生産、そして特に過剰資金の蓄積と、他方における窮乏化が同時に進行し、世界規模で矛盾が見えやすくなっている。そういう意味で、マルクスの予言した古典的状況に似てきていると思います。

世界商品の交代と九〇年代

柄谷　さっき言われたように、宇野弘蔵は、『資本論』を原理論として読む、それ以外のことは段階論として読むというふうに分けたんですが、ぼくはその区別にはあまり賛成できないんです。段階論で扱われることも資本主義の論理の中に入っているわけだから。言い換えれば、資本主義はそもそも世界資本主義であるという視点を持っていないんですね。

宇野は、たとえば恐慌を労働力商品から説明しようとした。しかし、事実問題として、マルクスの晩年には周期的な恐慌は起こらなくなっていた。つまり慢性的な不況になっていた。でも、これはマルクスの理論から説明できないことはないと思います。というのは、イギリスの資本主義を支えていたのは基本的に綿工業なんで、それが世界を支配した。それに対して、後発のドイツやアメリカ、さらに日本が始めたのは、重工業です。それには巨大な資本が必要だから、国家が資本を出すことになる。他方、相対的に見て人手は少なくてすむから、余った労働者は農村が引き受けることになる。だから農村はどんどん封建的になってくるわけです。ともかく人間が余っているから、地主はいばれるんですね。あたかも封建的なように見えてくるわけです、太宰治の家のように。ところが、日本資本主義論争でも、それをとり違えて、日本では封建制が強いからまだ封建的要素が残っているんだと考えてしまった。そうではなくて、一方で重工業化が進んでいるから、他方で農村が封建的にならざるを得ないんですね。それがファシズムの問題につながっていくわけです。ドイツの場合も同じです。一方で重工業がものすごく発展している国がなぜこんな前近代的なことをやっているのかと言うけれど、それは資本が重工業に向けられた場合に起こることなんですね。イギリスのように早くから綿工業でまんべんなく発展していくというようなことは、ほかの国では起こり得ないわけです。

重工業の慢性不況は一九三〇年代くらいで終わったと思います。その段階で何が起こったかというと、ケインズ主義とかそういうこともあるけれども、耐久消費財の生産が始まったということですね。つまりクルマです。そして家庭電化製品。これが大量生産・大量消費にぴったりだった。たとえば鉄道とか船は大量生産に合わないですからね。クルマであればそれができるわけです。

浅田　だから、それをフォード主義と呼ぶのはあながち的外れではないんですね。もちろんヒトラーだって全国民がフォルクスワーゲンを持てるようにしようとしたわけだし。

柄谷　恐慌というのは、マルクスの時代には周期的恐慌だった。けれども、もっと別の大きな周期があると思うんです。長期的波動といわれますけれども、この観点から見ると、それは主要な世界商品の交代によって起きていると思います。交代期には非常に大きな危機が起こる。九〇年代はちょうどそれに当たっているわけです。現在、主要な世界商品はもうクルマではない。明らかに情報商品になっている。このシフトの時期には非常に大きな危機が続くと思います。

浅田　耐久消費財を大量生産・大量消費することで大量の雇用を維持してきた。もちろんそれはいまも続いてはいる。他方で、しかし、情報生産ということになると、比較的少数の人間がつくったものが世界市場を制覇することになる。そうすると、アメリカなんかでは明らかに階級分化が進んでいて、一部の情報エリートが世界市場を支配する一方、中産階級といっても病気になったら保険もないから家を売らなければいけないというようなことになる。そういう階級分化が世界的に進むのではないか。

柄谷　資本が労働者を雇うとしても、いまや賃金が安ければ人種的には誰でもいいわけです。その意味でまさにボーダーレスになってしまっている。だから、世界的な階級分化も、豊かな国と貧しい国があるというだけではなく、いろいろなところに貧困者が氾濫するかたちになる。アメリカはいまバブルだからうまくいっているように見えるけれど、そのうちはじけるだろうから、またニューヨークがおかしくなって、いい迷惑ですよ(笑)。

インターナショナル／トランスナショナル

浅田　結局、第三世界が内部化されるということですね。どの国も内部で貧困を抱えてやっていかざるを得なくなる。その意味で世界が均質になってきているのは事実だと思います。

今年は『共産党宣言』百五十周年ですけれども、数年前、柄谷さんが序文を寄せた『共産党宣言』の新訳が出たとき、タイトルをあえて『共産主義者宣言』としましたよね。実際、マルクスが『共産党宣言』を書いた一八四八年には、一国単位の共産党などというものはなく、国際的な共産主義者の同盟があっただけで、その綱領としてああいう宣言が書かれたわけです。そのあと、十九世紀の終わり頃から、一国単位で、工場労働者を中心とするプロレタリアートの前衛としての党が組織され、革命を目指すようになった。そして、革命が成功したロシアでは、スターリン主義的な一国社会主義が続いてきた。それは、初期の理念から大きく変質したものだったわけです。その負の遺産が、一九八九／九一年に社会主義圏の崩壊とソ連の解体でほぼ一掃された。同時に、一国単位の共産党ではなく、インターナショナルな共産主義者の同盟ということがもう一回見えてくるようになったんだと思うんです。

十数年前にガタリとネグリが『自由の新たな空間』という本を書いて、統合世界資本主義が強固になっていくなかで、一国単位で共産党がプロレタリアートを代表するなどということはほとんど意味を失ったと論じている。むしろ、シンギュラリティ（特異点）としての個や集団を国境を越えて結びつけ、それによってさらに特異化をすすめていく、そのような開かれたプロセスだけが、コミュニズムの唯一の現代的可能性なんだというわけです。

しかし、さまざまなマイノリティの運動が横につながっていくことは可能でも、それが強固な政治的勢力として組織され得るのか、あるいはされるべきなのかというのは疑問です。一方で、資本はやすやすと国境を越え、マルチナショナル・コーポレーション（多国籍企業）からトランスナショナル・コーポレーション（超国籍企業）へと進化しつつある。他方で、労働も国際化し、移民労働者などにグローバルな問題が集約して現れているけれども、それをグローバルに組織していくことはきわめて難しく、むしろ、それぞれの国の労働者が移民労働者の排斥に走るといった傾向のほうが目立つ。「万国の労働者団結せよ」と言っても、現実にはなかなかうまくいかないんですね。いずれにせよ、簡単にトランスナショナルということはできないので、良くも悪くもナショナルな問題をふまえた上でインターナショナルな問題を考えるというスタンスが依然として必要だろうと思います。

柄谷　カントは『啓蒙とは何か』で、人はどこかの国家の公務員だったり組織の成員だったりするけれども、世界市民として考えなければならない、と言っています。公務員なら公務員という立場を離れて、パブリックな立場に立つ必要がある、と。つまり、国家はパブリックではないんです。公務員の「公」に対して、カントが言っている「パブリック」というのは、いわば一般性に対する普遍性のことなんです。そのとき個人は、国民であり、あるいは公務員である「私」ではなくて、一瞬シンギュラーな存在になっている。そのときだけその個人を世界市民と呼ぶわけです。ハーバーマスにしても、「パブリックな空間」と言うけれど、それはほとんど一般性の意味で言っていると思う。それは単に共同主観性ということになって、ヨーロッパだけとかドイツだけとか、そういうふうになるわけです。だから、彼らはカントのことを口にするけれども、全くわかってない。「パブリック」というのはドイツでもなければヨーロッパでもない。そんなものはどこにもないんです。カントは、ただそのような態度を持てと言っているだけなんですよ。ひとは常にどこかに属さざるを得ないわけですから。

コミュニズムというのもそういうものだと思います。ソ連や中国のナショナリズムではなく、その「外」でなかったら、コミュニズムには意味がない。

「パブリックな場所」はどこにもない

浅田　結局それが依然として最大の困難だと思うんです。実際、マルクスが生きているときから、ドイツならドイツの彼の弟子たちは一国単位の党をつくってしまい、それが一国のプロレタリアートを代表して活動することになる。マルクスはそれを一貫して批判し続けたけれども、他方、それなしには革命は成し遂げられないということも認めざるを得ない。それが最終的にはレーニンによって鍛え上げられ、スターリン的な歪曲を遂げたあげく、ついに崩壊した。それはいいことだとも言える。しかし他方で、ではコスモポリタンの横の連携というのがどのくらい現実的な力を持ち得るのかというと、まだまだわからない。そこは二段構えで行かざるを得ないと思うんで、究極的にはカント＝マルクス的なコスモポリタン・コミュニズムの理念を持ちながら、現実的には党なら党を媒介とするインターナショナリズムという戦術でいくということでしょう。

柄谷　これを言うと致命的なんだけれど、コミュニズムというのはカントで言えば超越論的仮象だと思うんです。それを実現できるなどと構成的に考えてはいけない。しかし、それが統整的理念としてある限り、批判として必ず働くわけですね。その間の妥協というのは、暫定的なものならやってもいいけれども、それが理念放棄ということになってはならない。

浅田　アルチュセールが一種悲劇的にも思えるのは、彼は最後までフランス共産党員だったわけでしょう。あれだけ党の理論と政策を批判しながらも、まずフランスの政治の現実というものがある以上、結局は党を捨てきれなかった。それは限界とも言えるけれども、ある種の誠実さだったという感じもします。アルチュセールの後に来たポストマルクス主義者たちは、かれがこだわった経済的なものによる重層的決定の原理を放棄すると同時に、党による政治をも放棄し、もっぱらさまざまなマイノリティの運動の横の連合を強調する。それは主観的には自由でいいだろうけれど、客観的に見て有効性を持ち得るのかどうか。

柄谷　ちょっと文脈は違うけれども、ぼくも日本が捨てきれないわけで、日本でがんばっているわけです。少なくとも日本に自分がいるということでパブリックになれるんじゃないか。どこかに世界市民の集まったパブリックな場所があるわけではない。自分が責任をとれる範囲というのがあって、ぼくの場合それは日本です。よそまで出張してやりませんよ。やはり、それぞれの国でやってもらうほかない。その上での連帯はできると思う。それをどこかで国際会議をやったぐらいでインターナショナルとかいうのはおこがましい。

浅田　デリダが『マルクスの亡霊』で「新しいインターナショナル」が必要だと言っています。実のところ、デリダ自身の議論は、やはりさまざまなマイノリティの運動の横の連合という面に傾斜しすぎていて、そういう戦術だけで世界資本主義にどこまで対抗できるかはわからない。むしろ、まずネーション単位の問題があることは無視できないんで、ナショナルであるがゆえにインターであり得るというか、そういう意味でのインターナショナリズムの課題は、実はマルクスのころとそう変わってないように思います。いずれにせよ、そういうインターナショナリズムをトランスヴァーサリティの側面のなかに組み込んだ概念として、「トランスクリティーク」という言葉をとらえたいですね。

柄谷　ぼくは今年になって「トランスクリティーク」という言葉を考えたんだけれども、結局二十五年くらいそれを実践してきたわけです。べつにどこかに素晴らしい世界があるわけじゃない。日本なりアメリカなりにいて生きている、そういう実践があって、ようやく「トランスクリティーク」という言葉を言ってもいいという気持ちになってきた。「このようにやりましょう」と言っているわけではなくて、「ぼくはこういうふうにやってきました」という意味で、二十何年間考えてきたことをまとめあげたわけです。その最後に——最後といってもまだ死にたくはないけれど（笑）——結果として出てきた言葉だと思ってほしいんです。

（初出『文學界』一九九八年八月号）

浅田彰と私

柄谷行人

一九八〇年代後半から一九九〇年代の終わりにかけて、私はほとんど本らしい本を出していない。たとえば、『探究Ⅰ』と『探究Ⅱ』は、文芸誌「群像」に連載したエッセイであり、体系的な論文ではなかった。しかし、同じ流儀で書いた「探究Ⅲ」は、本にするにあたって根本的に書き直して体系化し、『トランスクリティーク　カントとマルクス』と改題して出版した。その意味で、この時点で、私はそれ以前から変わったといえる。

それまで私は、理論的・思索的というよりも、社交的で活動的であった。たとえば、季刊誌「批評空間」を編集していたし、講演・対談・インタビューの類いも多かった。海外での講義・講演・会議にも頻繁に出た。ところが、二十一世紀に入り、還暦を超える時点で、私は「批評空間」を廃刊し、また、文芸ジャーナリズムからも隠退してしまった。文学賞の選考委員もすべて辞任した。しまいに、大学の教師もやめた。だから、このような対談やその時期の自分の仕事を顧みると、大きな違いを感じる。たんに歳をとったというだけでなく、違う人間がいるような感じがするのだ。

といっても、それ以前からも常に活動的だったわけではない。むしろ一九八〇年までの私のほうが、今の自分に近い気がする。私は内向的で、人づきあいもすくなかった。だから、ここに収録されたような対談を読むと、違った自分がいると感じる。そして、その変化には、一人の人物との出会いが大きかったと思う。それは、まさに対談の相手である浅田彰氏である。

私が彼に出会ったのは、八〇年代の初めごろで、京都大学経済学部から集中講義を頼まれたときだ。それをすべて手配したのが、まだ大学院生であった浅田氏であった。その後、国内・国外の講演会などで一緒に活動するようになった。その後に、季刊誌「批評空間」を一緒に編集することになった。しかしこれは当初から一緒に始めたわけではない。その発端は、八〇年代の末頃、思潮社の編集部にいた山村武善に頼まれて、雑誌「季刊思潮」を始めたことにある。これは演出家の鈴木忠志の意向を受けた依頼だった。鈴木氏は一緒に何かをやるというよりも、私がやることを見たい、という感じであった。この雑誌には他に、哲学者の市川浩が参加し、それに、建築家の磯崎新が背後で協力する、というような体制ができた。皆、私より年長の人たちであった。

私は最初、自分の仕事は書くことだから、寄稿さえしていれば何とかなるだろうと思っていたが、編集人としては、すぐに行き詰まってしまった。それで、その第三号の企画で、座談会に浅田氏を招いた。そして、そのあと、私は彼に実情を訴えて、編集同人に入ってくれるように頼んだ。その判断は正しかった。彼は経済学や哲学だけでなく、音楽・美術・建築などすべての芸術方面に通じていた。機敏で、周到で、精確であった。私はいっぺんに楽になり、誌面は充実した。「季刊思潮」が二年（八号）で終わると今度は、別の出版社（福武書店、のちに太田出版）で、雑誌の名を「批評空間」と変えて再開した。そして、十年ほどそれを続けた。

その間、私はほとんどそこに原稿を書いた覚えがない。そのかわり、毎号、企画した座談会に参加した。合わせると四十回に及ぶ。その他内外での会議・講演会をふくめると、浅田氏とは、相当な数の対話をかわしたわけである。だから、この本に収録された対談について、特に覚えがなかったとしても、不思議ではない。しかし、こんなことができたのは、浅田氏のおかげである。

彼は私にとって最高のパートナーであった。漫才でいえば、私はボケで、彼はツッコミである。あらゆる面で助けられた。私が思いついた、いい加減な、あやふやでしかない考えが、彼の整理によって、見違えるようになったことも何度もある。また、アメリカでもフランスでも、彼の言語能力と当意即妙の判断力にどれだけ助けられたことだろう。「批評空間」をやめて以後、私はまた、対談や座談会が苦手になった。その意味では、元の自分に戻ったといえるかもしれない。

柄谷行人（からたに・こうじん）

一九四一年、兵庫県生まれ。批評家。一九六五年、東京大学経済学部卒業。六七年、東京大学大学院英文学修士課程修了。法政大学教授、近畿大学教授、コロンビア大学客員教授などを歴任。また批評誌『季刊思潮』『批評空間』を創刊。『畏怖する人間』『意味という病』『マルクスその可能性の中心』（亀井勝一郎賞）『隠喩としての建築』『探究』（Ⅰ・Ⅱ）『トランスクリティーク』『世界史の構造』『哲学の起源』など著書多数。

浅田彰（あさだ・あきら）
一九五七年、兵庫県生まれ。批評家。一九八一年、京都大学大学院経済学研究科博士課程中退。京都大学人文科学研究所助手、京都大学経済研究所助教授などを経て、現在は京都造形芸術大学大学院学術研究センター所長。雑誌『GS』『季刊思潮』『批評空間』の編集に関わった。『構造と力』『逃走論』『ヘルメスの音楽』『映画の世紀末』などの著書がある。また、共著も『天使が通る』（島田雅彦と）など多数。

本書は、『ダイアローグ　Ⅲ』（一九八七年一月、第三文明社刊）、『ダイアローグ　Ⅳ』（一九九一年一二月、第三文明社刊）、『週刊ポスト』（一九九〇年三月九日号）、『「歴史の終わり」を超えて』（一九九九年七月、中公文庫）、『ＳＡＰＩＯ』（一九九四年六月二三日号、七月一四日号、七月二八日号）、『文學界』（一九九八年八月号）を底本といたしました。本文中、明らかな誤記、誤植と思われる箇所は正し、各篇内の表記の統一やふりがなの調整等を施しましたが、原則として底本に従いました。

柄谷行人《からたにこうじん》浅田《あさだ》彰《あきら》 全対話《ぜんたいわ》

柄谷行人《からたにこうじん》
浅田《あさだ》彰《あきら》

二〇一九年一〇月一〇日第一刷発行
二〇二〇年一二月二一日第三刷発行

発行者――渡瀬昌彦
発行所――株式会社 講談社
東京都文京区音羽2・12・21 〒112-8001
電話 編集（03）5395・3513
販売（03）5395・5817
業務（03）5395・3615

デザイン――菊地信義
印刷――豊国印刷株式会社
製本――株式会社国宝社
本文データ制作――講談社デジタル製作

定価はカバーに表示してあります。

講談社
文芸文庫

ISBN978-4-06-517527-9

講談社文芸文庫

金子光晴 ― 詩集「三人」	原 満三寿――解／編集部――年
鏑木清方 ― 紫陽花舎随筆 山田肇選	鏑木清方記念美術館―年
嘉村礒多 ― 業苦｜崖の下	秋山 駿――解／太田静一――年
柄谷行人 ― 意味という病	絓 秀実――解／曾根博義――案
柄谷行人 ― 畏怖する人間	井口時男――解／三浦雅士――案
柄谷行人編 ― 近代日本の批評 Ⅰ 昭和篇上	
柄谷行人編 ― 近代日本の批評 Ⅱ 昭和篇下	
柄谷行人編 ― 近代日本の批評 Ⅲ 明治・大正篇	
柄谷行人 ― 坂口安吾と中上健次	井口時男――解／関井光男――年
柄谷行人 ― 日本近代文学の起源 原本	関井光男――年
柄谷行人 中上健次 ― 柄谷行人中上健次全対話	高澤秀次――解
柄谷行人 ― 反文学論	池田雄一――解／関井光男――年
柄谷行人 蓮實重彥 ― 柄谷行人蓮實重彥全対話	
柄谷行人 ― 柄谷行人インタヴューズ1977-2001	
柄谷行人 ― 柄谷行人インタヴューズ2002-2013	丸川哲史――解／関井光男――年
柄谷行人 ― [ワイド版]意味という病	絓 秀実――解／曾根博義――案
柄谷行人 ― 内省と遡行	
柄谷行人 浅田彰 ― 柄谷行人浅田彰全対話	
河井寛次郎 ― 火の誓い	河井須也子―人／鷺 珠江――年
河井寛次郎 ― 蝶が飛ぶ 葉っぱが飛ぶ	河井須也子―解／鷺 珠江――年
川喜田半泥子 ― 随筆 泥仏堂日録	森 孝――解／森 孝――年
川崎長太郎 ― 抹香町｜路傍	秋山 駿――解／保昌正夫――年
川崎長太郎 ― 鳳仙花	川村二郎――解／保昌正夫――年
川崎長太郎 ― 老残｜死に近く 川崎長太郎老境小説集	いしいしんじ―解／齋藤秀昭――年
川崎長太郎 ― 泡｜裸木 川崎長太郎花街小説集	齋藤秀昭――解／齋藤秀昭――年
川崎長太郎 ― ひかげの宿｜山桜 川崎長太郎「抹香町」小説集	齋藤秀昭――解／齋藤秀昭――年
川端康成 ― 一草一花	勝又 浩――人／川端香男里―年
川端康成 ― 水晶幻想｜禽獣	高橋英夫――解／羽鳥徹哉――案
川端康成 ― 反橋｜しぐれ｜たまゆら	竹西寛子――解／原 善――案
川端康成 ― たんぽぽ	秋山 駿――解／近藤裕子――案
川端康成 ― 浅草紅団｜浅草祭	増田みず子―解／栗坪良樹――案

▶解=解説 案=作家案内 人=人と作品 年=年譜を示す。 2020年11月現在

講談社文芸文庫

小林秀雄 ―小林秀雄対話集 秋山 駿――解／吉田凞生――年
小林秀雄 ―小林秀雄全文芸時評集 上・下 山城むつみ-解／吉田凞生――年
小林秀雄 ―[ワイド版]小林秀雄対話集 秋山 駿――解／吉田凞生――年
小堀杏奴 ―朽葉色のショール 小尾俊人――解／小尾俊人――年
小山清 ――日日の麵麭｜風貌 小山清作品集 田中良彦――解／田中良彦――年
佐伯一麦 ―ショート・サーキット 佐伯一麦初期作品集 福田和也――解／二瓶浩明――年
佐伯一麦 ―日和山 佐伯一麦自選短篇集 阿部公彦――解／著者――――年
佐伯一麦 ―ノルゲ Norge 三浦雅士――解／著者――――年
坂上弘 ――田園風景 佐伯一麦――解／田谷良一――年
坂上弘 ――故人 若松英輔――解／田谷良一、吉原洋一-年
坂口安吾 ―風と光と二十の私と 川村 湊――解／関井光男――案
坂口安吾 ―桜の森の満開の下 川村 湊――解／和田博文――案
坂口安吾 ―白痴｜青鬼の褌を洗う女 川村 湊――解／原 子朗――案
坂口安吾 ―信長｜イノチガケ 川村 湊――解／神谷忠孝――案
坂口安吾 ―オモチャ箱｜狂人遺書 川村 湊――解／荻野アンナ-案
坂口安吾 ―日本文化私観 坂口安吾エッセイ選 川村 湊――解／若月忠信――年
坂口安吾 ―教祖の文学｜不良少年とキリスト 坂口安吾エッセイ選 川村 湊――解／若月忠信――年
阪田寛夫 ―庄野潤三ノート 富岡幸一郎-解
鷺沢萠 ――帰れぬ人びと 川村 湊――解／著者、オフィスめめ-年
佐々木邦 ―凡人伝 岡崎武志――解
佐々木邦 ―苦心の学友 少年倶楽部名作選 松井和男――解
佐多稲子 ―私の東京地図 川本三郎――解／佐多稲子研究会-年
佐藤紅緑 ―ああ玉杯に花うけて 少年倶楽部名作選 紀田順一郎-解
佐藤春夫 ―わんぱく時代 佐藤洋二郎-解／牛山百合子-年
里見弴 ――恋ごころ 里見弴短篇集 丸谷才一――解／武藤康史――年
澤田 謙 ――プリューターク英雄伝 中村伸二――年
椎名麟三 ―神の道化師｜媒妁人 椎名麟三短篇集 井口時男――解／斎藤末弘――年
椎名麟三 ―深夜の酒宴｜美しい女 井口時男――解／斎藤末弘――年
島尾敏雄 ―その夏の今は｜夢の中での日常 吉本隆明――解／紅野敏郎――案
島尾敏雄 ―はまべのうた｜ロング・ロング・アゴウ 川村 湊――解／柘植光彦――案
島田雅彦 ―ミイラになるまで 島田雅彦初期短篇集 青山七恵――解／佐藤康智――年
志村ふくみ-一色一生 高橋 巖――人／著者――――年
庄野英二 ―ロッテルダムの灯 著者――――年
庄野潤三 ―夕べの雲 阪田寛夫――解／助川徳是――案

庄野潤三—インド綿の服　齋藤礎英—解／助川徳是—年
庄野潤三—ピアノの音　齋藤礎英—解／助川徳是—年
庄野潤三—野菜讃歌　佐伯一麦—解／助川徳是—年
庄野潤三—ザボンの花　富岡幸一郎—解／助川徳是—年
庄野潤三—鳥の水浴び　田村 文—解／助川徳是—年
庄野潤三—星に願いを　富岡幸一郎—解／助川徳是—年
庄野潤三—明夫と良二　上坪裕介—解／助川徳是—年
庄野潤三—庭の山の木　中島京子—解／助川徳是—年
笙野頼子—幽界森娘異聞　金井美恵子—解／山﨑眞紀子—年
笙野頼子—猫道 単身転々小説集　平田俊子—解／山﨑眞紀子—年
笙野頼子—海獣|呼ぶ植物|夢の死体 初期幻視小説集　菅野昭正—解／山﨑眞紀子—年
白洲正子—かくれ里　青柳恵介—人／森 孝一—年
白洲正子—明恵上人　河合隼雄—人／森 孝一—年
白洲正子—十一面観音巡礼　小川光三—人／森 孝一—年
白洲正子—お能|老木の花　渡辺 保—人／森 孝一—年
白洲正了　近江山河抄　前 登志夫—人／森 孝一—年
白洲正子—古典の細道　勝又 浩—人／森 孝一—年
白洲正子—能の物語　松本 徹—人／森 孝一—年
白洲正子—心に残る人々　中沢けい—人／森 孝一—年
白洲正子—世阿弥 —花と幽玄の世界　水原紫苑—人／森 孝一—年
白洲正子—謡曲平家物語　水原紫苑—解／森 孝一—年
白洲正子—西国巡礼　多田富雄—解／森 孝一—年
白洲正子—私の古寺巡礼　高橋睦郎—解／森 孝一—年
白洲正子—[ワイド版]古典の細道　勝又 浩—人／森 孝一—年
杉浦明平—夜逃げ町長　小嵐九八郎—解／若杉美智子—年
鈴木大拙訳—天界と地獄 スエデンボルグ著　安藤礼二—解／編集部—年
鈴木大拙—スエデンボルグ　安藤礼二—解／編集部—年
曽野綾子—雪あかり 曽野綾子初期作品集　武藤康史—解／武藤康史—年
田岡嶺雲—数奇伝　西田 勝—解／西田 勝—年
高井有一—時の潮　松田哲夫—解／武藤康史—年
高橋源一郎—さようなら、ギャングたち　加藤典洋—解／栗坪良樹—年
高橋源一郎—ジョン・レノン対火星人　内田 樹—解／栗坪良樹—年
高橋源一郎—虹の彼方《オーヴァー・ザ・レインボウ》に　矢作俊彦—解／栗坪良樹—年
高橋源一郎—ゴーストバスターズ 冒険小説　奥泉 光—解／若杉美智子—年

講談社文芸文庫

高橋たか子－誘惑者　山内由紀人－解／著者――年
高橋たか子－人形愛｜秘儀｜甦りの家　富岡幸一郎－解／著者――年
高橋英夫――新編 疾走するモーツァルト　清水 徹――解／著者――年
高原英理編－深淵と浮遊 現代作家自己ベストセレクション　高原英理――解
高見順――如何なる星の下に　坪内祐三――解／宮内淳子――年
高見順――死の淵より　井坂洋子――解／宮内淳子――年
高見順――わが胸の底のここには　荒川洋治――解／宮内淳子――年
高見沢潤子－兄 小林秀雄との対話 人生について
武田泰淳――蝮のすえ｜「愛」のかたち　川西政明――解／立石 伯――案
武田泰淳――司馬遷―史記の世界　宮内 豊――解／古林 尚――年
武田泰淳――風媒花　山城むつみ－解／編集部――年
竹西寛子――式子内親王｜永福門院　雨宮雅子――人／著者――年
竹西寛子――贈答のうた　堀江敏幸――解／著者――年
太宰 治――男性作家が選ぶ太宰治　編集部――年
太宰 治――女性作家が選ぶ太宰治
太宰 治――30代作家が選ぶ太宰治　編集部――年
田中英光――空吹く風｜暗黒天使と小悪魔｜愛と憎しみの傷に 田中英光デカダン作品集 道籏泰三編　道籏泰三――解／道籏泰三――年
谷崎潤一郎－金色の死 谷崎潤一郎大正期短篇集　清水良典――解／千葉俊二――年
種田山頭火－山頭火随筆集　村上 護――解／村上 護――年
田村隆一――腐敗性物質　平出 隆――人／建畠 晢――年
多和田葉子－ゴットハルト鉄道　室井光広――解／谷口幸代――年
多和田葉子－飛魂　沼野充義――解／谷口幸代――年
多和田葉子－かかとを失くして｜三人関係｜文字移植　谷口幸代――解／谷口幸代――年
多和田葉子－変身のためのオピウム｜球形時間　阿部公彦――解／谷口幸代――年
多和田葉子－雲をつかむ話｜ボルドーの義兄　岩川ありさ－解／谷口幸代――年
多和田葉子－ヒナギクのお茶の場合｜海に落とした名前　木村朗子――解／谷口幸代――年
近松秋江――黒髪｜別れたる妻に送る手紙　勝又 浩――解／柳沢孝子――案
塚本邦雄――定家百首｜雪月花(抄)　島内景二――解／島内景二――年
塚本邦雄――百句燦燦 現代俳諧頌　橋本 治――解／島内景二――年
塚本邦雄――王朝百首　橋本 治――解／島内景二――年
塚本邦雄――西行百首　島内景二――解／島内景二――年
塚本邦雄――秀吟百趣　島内景二――解

講談社文芸文庫

塚本邦雄	珠玉百歌仙	島内景二―解
塚本邦雄	新撰 小倉百人一首	島内景二―解
塚本邦雄	詞華美術館	島内景二―解
塚本邦雄	百花遊歴	島内景二―解
塚本邦雄	茂吉秀歌『赤光』百首	島内景二―解
つげ義春	つげ義春日記	松田哲夫―解
辻 邦生	黄金の時刻の滴り	中条省平―解／井上明久―年
辻 潤	絶望の書｜ですぺら 辻潤エッセイ選	武田信明―解／高木 護―年
津島美知子	回想の太宰治	伊藤比呂美―解／編集部―年
津島佑子	光の領分	川村 湊―解／柳沢孝子―案
津島佑子	寵児	石原千秋―解／与那覇恵子―年
津島佑子	山を走る女	星野智幸―解／与那覇恵子―年
津島佑子	あまりに野蛮な 上・下	堀江敏幸―解／与那覇恵子―年
津島佑子	ヤマネコ・ドーム	安藤礼二―解／与那覇恵子―年
鶴見俊輔	埴谷雄高	加藤典洋―解／編集部―年
寺田寅彦	寺田寅彦セレクション I 千葉俊二・細川光洋選	千葉俊二―解／永橋禎子―年
寺田寅彦	寺田寅彦セレクション II 千葉俊二・細川光洋選	細川光洋―解
寺山修司	私という謎 寺山修司エッセイ選	川本三郎―解／白石 征―年
寺山修司	ロング・グッドバイ 寺山修司詩歌選	齋藤愼爾―解
寺山修司	戦後詩 ユリシーズの不在	小嵐九八郎―解
十返肇	「文壇」の崩壊 坪内祐三編	坪内祐三―解／編集部―年
戸川幸夫	猛犬 忠犬 ただの犬	平岩弓枝―解／中村伸二―年
徳田球一 志賀義雄	獄中十八年	鳥羽耕史―解
徳田秋声	あらくれ	大杉重男―解／松本 徹―年
徳田秋声	黴｜爛	宗像和重―解／松本 徹―年
富岡幸一郎	使徒的人間 ―カール・バルト―	佐藤 優―解／著者―年
富岡多惠子	表現の風景	秋山 駿―解／木谷喜美枝―案
富岡多惠子	逆髪	町田 康―解／著者―年
富岡多惠子編	大阪文学名作選	富岡多惠子―解
富岡多惠子	室生犀星	蜂飼 耳―解／著者―年
土門 拳	風貌｜私の美学 土門拳エッセイ選 酒井忠康編	酒井忠康―解／酒井忠康―年
永井荷風	日和下駄 一名 東京散策記	川本三郎―解／竹盛天雄―年
永井荷風	[ワイド版]日和下駄 一名 東京散策記	川本三郎―解／竹盛天雄―年

講談社文芸文庫

永井龍男 ―一個|秋その他　中野孝次―解／勝又 浩―案
永井龍男 ―カレンダーの余白　石原八束―人／森本昭三郎―年
永井龍男 ―東京の横丁　川本三郎―解／編集部―年
中上健次 ―熊野集　川村二郎―解／関井光男―案
中上健次 ―蛇淫　井口時男―解／藤本寿彦―年
中上健次 ―水の女　前田 塁―解／藤本寿彦―年
中上健次 ―地の果て 至上の時　辻原 登―解
中川一政 ―画にもかけない　高橋玄洋―人／山田幸男―年
中沢けい ―海を感じる時|水平線上にて　勝又 浩―解／近藤裕子―案
中沢新一 ―虹の理論　島田雅彦―解／安藤礼二―年
中島敦 ―光と風と夢|わが西遊記　川村 湊―解／鷺 只雄―案
中島敦 ―斗南先生|南島譚　勝又 浩―解／木村一信―案
中野重治 ―村の家|おじさんの話|歌のわかれ　川西政明―解／松下 裕―案
中野重治 ―斎藤茂吉ノート　小高 賢―解
中野好夫 ―シェイクスピアの面白さ　河合祥一郎―解／編集部―年
中原中也 ―中原中也全詩歌集 上・下 吉田凞生編　吉田凞生―解／青木 健―案
中村真一郎 ―死の影の下に　加賀乙彦―解／鈴木貞美―案
中村真一郎 ―この百年の小説 人生と文学と　紅野謙介―解
中村光夫 ―二葉亭四迷伝 ある先駆者の生涯　絓 秀実―解／十川信介―案
中村光夫選 ―私小説名作選 上・下 日本ペンクラブ編
中村光夫 ―谷崎潤一郎論　千葉俊二―解／金井景子―年
中村武羅夫 ―現代文士廿八人　齋藤秀昭―解
夏目漱石 ―思い出す事など|私の個人主義|硝子戸の中　石﨑 等―年
西脇順三郎 ―*ambarvalia*|旅人かへらず　新倉俊一―人／新倉俊一―年
日本文藝家協会編 ―現代小説クロニクル 1975～1979　川村 湊―解
日本文藝家協会編 ―現代小説クロニクル 1980～1984　川村 湊―解
日本文藝家協会編 ―現代小説クロニクル 1985～1989　川村 湊―解
日本文藝家協会編 ―現代小説クロニクル 1990～1994　川村 湊―解
日本文藝家協会編 ―現代小説クロニクル 1995～1999　川村 湊―解
日本文藝家協会編 ―現代小説クロニクル 2000～2004　川村 湊―解
日本文藝家協会編 ―現代小説クロニクル 2005～2009　川村 湊―解
日本文藝家協会編 ―現代小説クロニクル 2010～2014　川村 湊―解
丹羽文雄 ―小説作法　青木淳悟―解／中島国彦―年
野口冨士男 ―なぎの葉考|少女 野口冨士男短篇集　勝又 浩―解／編集部―年

講談社文芸文庫

野口冨士男	風の系譜	川本三郎──解／平井一麥──年
野口冨士男	感触的昭和文壇史	川村 湊──解／平井一麥──年
野坂昭如	人称代名詞	秋山 駿──解／鈴木貞美──案
野坂昭如	東京小説	町田 康──解／村上玄一──年
野崎 歓	異邦の香り ネルヴァル『東方紀行』論	阿部公彦──解
野田宇太郎	新東京文学散歩 上野から麻布まで	坂崎重盛──解
野田宇太郎	新東京文学散歩 漱石・一葉・荷風など	大村彦次郎-解
野間 宏	暗い絵|顔の中の赤い月	紅野謙介──解／紅野謙介──年
野呂邦暢	[ワイド版]草のつるぎ|一滴の夏 野呂邦暢作品集	川西政明──解／中野章子──年
橋川文三	日本浪曼派批判序説	井口時男──解／赤藤了勇──年
蓮實重彥	夏目漱石論	松浦理英子-解／著者──年
蓮實重彥	「私小説」を読む	小野正嗣──解／著者──年
蓮實重彥	凡庸な芸術家の肖像 上 マクシム・デュ・カン論	
蓮實重彥	凡庸な芸術家の肖像 下 マクシム・デュ・カン論	工藤庸子──解
蓮實重彥	物語批判序説	磯﨑憲一郎-解
花田清輝	復興期の精神	池内 紀──解／日高昭二──年
埴谷雄高	死霊 Ⅰ Ⅱ Ⅲ	鶴見俊輔──解／立石 伯──年
埴谷雄高	埴谷雄高政治論集 埴谷雄高評論選書1 立石伯編	
埴谷雄高	埴谷雄高思想論集 埴谷雄高評論選書2 立石伯編	
埴谷雄高	埴谷雄高文学論集 埴谷雄高評論選書3 立石伯編	立石 伯──年
埴谷雄高	酒と戦後派 人物随想集	
濱田庄司	無盡蔵	水尾比呂志-解／水尾比呂志-年
林 京子	祭りの場|ギヤマン ビードロ	川西政明──解／金井景子──案
林 京子	長い時間をかけた人間の経験	川西政明──解／金井景子──年
林 京子	希望	外岡秀俊──解／金井景子──年
林 京子	やすらかに今はねむり給え|道	青来有一──解／金井景子──年
林 京子	谷間|再びルイへ。	黒古一夫──解／金井景子──年
林 芙美子	晩菊|水仙|白鷺	中沢けい──解／熊坂敦子──案
原 民喜	原民喜戦後全小説	関川夏央──解／島田昭男──年
東山魁夷	泉に聴く	桑原住雄──人／編集部──年
久生十蘭	湖畔|ハムレット 久生十蘭作品集	江口雄輔──解／江口雄輔──年
日夏耿之介	ワイルド全詩 (翻訳)	井村君江──解／井村君江──年
日夏耿之介	唐山感情集	南條竹則──解
日野啓三	ベトナム報道	著者──年